GARDE TON CAP

Tom Devictor

GARDE TON CAP
"Clichy Aventure"

© 2015, Tom Devictor
Edition : BoD - Books on Demand, 12/14 rond-point des Champs Elysées,
75008 Paris
Impression : BoD - Books on Demand GmbH, Norderstedt, Allemagne
ISBN : 9782322014293

Dépôt légal : Février 2015

À ma nièce Léna

À ma tante Jackie

Ecrire, c'est emprisonner le présent

Lire, c'est lui rendre sa liberté.

QUELQUES JOURS AVANT LE DEPART

Je commence l'écrit ici, assis à côté de ce jeune homme jouant du piano à la gare de Lyon.

J'attends mon train pour Antibes. Le grand départ est dans quatre jours.

La pression ne montera pas, l'excitation l'a résorbée le jour où l'on m'a proposé cette aventure.

Non, je ne connais rien d'un tel voyage. Je n'ai approché l'océan qu'en Bretagne, il y a bien longtemps, du haut de mon petit optimiste et de mon grand optimisme.

Nous sommes trois à partir mercredi à bord d'un voilier de onze mètres. Le propriétaire du bateau s'appelle Tonton, un jeune homme de cinquante-deux ans. Le capitaine se prénomme Némo, c'est un expert de la voile depuis qu'il a six ans. Enfin, je l'espère...

De toute façon, c'est lui qui va nous apprendre à naviguer. Notre confiance réside dans notre espoir. Dans cinq heures, j'arriverai à Antibes.

Le train part, Paris avec.

Les prières de mes proches me touchent et leurs craintes me font sourire. J'ai le choix entre être capturé par des pirates ou sécher sur une île déserte. Effectivement, tout est possible, mais je ne le souhaite pas non plus.

Je n'ai pas peur et n'ai pas le droit d'avoir peur. Une formation à la voile va nous être dédiée pendant ce périple qui relie Antibes à la Thaïlande. Il nous est nécessaire d'apprendre vite pour la sécurité de tous. Chacun de nous devra se relayer à la barre, de jour comme de nuit pendant deux, voire trois mois. La peur n'a pas sa place ici, la paresse non plus.

Pourquoi partir ? J'ai fait un choix dans ma vie, celui de suivre le chemin de la découverte. La saveur ne se dégage que lorsque l'on croque dans le fruit et cela fait bien longtemps que le virtuel ne me suffit plus. Jadis, la fuite d'un monde incompris animait mes départs. Désormais, c'est par amour que je souhaite découvrir de nouveaux horizons. Voyager pour me connaître, voyager pour aimer d'avantage, voyager pour être libre, ETRE, tout simplement. Découvrir par amour et raconter par fraternité ? C'est tout à fait à ça que ces écrits aspirent. C'est un honneur que de partager mes aventures. Deux écoles élémentaires de Clichy vont suivre notre escapade. Je vais tenter de donner le meilleur de moi-même pendant ces quelques mois et faire rêver ces petits bouts.

Je ne peux terminer ce premier article sans remercier la ville de Clichy pour son grand soutien matériel; monsieur André Mayo, président de l'association des entrepreneurs et commerçants de Clichy et « Honneur et Handicap » pour les sponsors et leur soutien également. Un merci particulier à Bilal et Grandin sans qui je n'aurais jamais eu d'aides financières et matérielles si je ne les avais pas croisés au bon moment.

Ma racine est à Clichy, sa floraison dans l'éternel.

VEILLE DU DEPART

Nous y voilà...

Le départ fut retardé d'une semaine pour des raisons techniques et climatiques, mais dorénavant, nous sommes prêts.

Nous y voilà, enfin.

Cela fait six mois que Tonton donne son temps, sa santé et beaucoup de son argent pour équiper le bateau. Aucun repos ne lui a été accordé, il a pratiquement tout bricolé seul; lui qui ne connaissait rien de la voile le semestre dernier.

- Je n'ai jamais été aussi heureux de partir, ce voyage va être énorme, se réjouit Tonton. Et je le crois...

Le bateau Vilmy 2 sourit et attend demain avec impatience. Je commence à bien m'entendre avec lui. il est né en Italie en 1981, son accent du sud est peu perceptible, mais il a La Classe.

Habillé d'une peinture blanche et bleue, d'une petite ceinture grise, il se déplace avec grâce au « quai des milliardaires ». Son mat de quatorze mètres chatouille à peine les mollets des molosses qui logent face à nous.

Le départ, c'est demain...

DEPART

On y arrive...

- Réveillé Tonton ?

- Ouais mon n'neveu ! C'est le grand jour !

Ce dernier petit-déjeuner au port a un goût d'aventure, il respire la Thaïlande, l'océan, les adieux et le café soluble.

Némo nous rejoint bientôt. Les « au revoir » sont prévus pour 11h. Là, à ce moment précis, je suis excité, passionné, voyageur, en pleine forme. Tonton a le sourire jusqu'à la fontanelle. Il a terminé son œuvre et s'apprête à la présenter au monde entier. Le Vilmy est aux aguets, prêt à bondir, plus que quelques heures à tenir.

Némo arrive, il vérifie une dernière fois le bateau, semble satisfait, nous pouvons partir...

Les amarres sont coupées par le fils de Tonton, quelques vagues nous rejoignent pour caresser les yeux de ceux qui restent. Et nous, nous partons...

PREMIER JOUR : ANTIBES

Sortis du port d'Antibes, Némo nous donne les instructions et les règles de base de la navigation. Il parle une langue bizarre et j'avoue avoir du mal à le suivre.

- Fais gaffe aux bouts', touche pas à l'écoute de grand' voile, ni à celle du génois, tes doigts loin du winch quand tu choques le phoque, si tu mets un ris, ne fais pas bouillir l'eau...

Et dire qu'on parlera de cette manière avec Tonton... Pour l'instant, c'est plutôt : « Tonton, y'a plein de cordes ici, j'sais faire des lacets à l'envers, regarde ! »

La mer est vaste, nous laissons le continent.

Nous avons quitté la terre depuis quatre heures et elle semble encore si proche. Le voyage va être long, très long...

Ma première prise de barre va me rester en mémoire une éternité, voire deux.

Le vent fait face à nous, je ressens Vilmy résistant, solide et robuste. C'est une bonne surprise, plus les vagues luttent, plus je prends du plaisir. Nos corps vont doubler de volume d'ici les prochains mois.

Le bateau tangue énormément, l'équilibre est difficile à trouver et l'on s'agrippe où l'on peut pour tenter de déambuler. Pour l'instant, la plus grosse difficulté est de chercher le pot de mayonnaise sous une cale.

La nuit approche, je demande à Némo si je peux commencer le tour de quart. J'aime vraiment ça, incroyable...

Le soleil se couche derrière nous, la voie lactée cligne d'un oeil, les étoiles nous appellent, il est 21h, je suis heureux chers amis.

Tonton est matinal, il sera le dernier de quart, il le regrettera par la suite...

Entre la flèche à bâbord du mât et la bout' de génois (« corde » qui permet de tendre la voile à l'avant du bateau) se dessine un écran naturel laissant apparaitre à l'est trois étoiles alignées représentant la ceinture d'Orion. Elles sont mon cap pour la nuit. Les vagues peuvent mesurer jusqu'à un mètre cinquante, le vent venant de face souffle à vingt-et-un nœuds, notre vitesse est de cinq nœuds.

Les heures passent, c'est au tour de Némo de naviguer. Tonton dort malgré les pleurs de Vilmy. Tout ce qu'on pensait avoir sécurisé est à la renverse. Des portes claquent contre le sol. Les bouteilles, cendriers et couteaux jouent à la marelle sur un terrain semé d'embûches.

Cette nuit, mon luxe fut cette sieste, accoudé à la bouée de sauvetage, l'air marin en ma barbe et Némo à la barre.

Le relais avec Tonton se fait à 2 h 40. Je pars me coucher après dix petites minutes de plaisanterie. La toile de cinéma indique encore le cap. Bonne nuit Tonton, Némo, je pars dormir.

DEUXIÈME JOUR : CORSE

La nuit fut agitée, le quart de Tonton s'est effectué sous la pluie. Les caprices de la mer coulent encore en son cou, il a froid, très froid. Son parka acheté en Thaïlande ne suffit pas. Ce qui m'amuse, c'est qu'il reste convaincu d'avoir fait une bonne affaire. Malgré sa nuit de fraicheur, il garde le sourire et m'avoue avoir sous-estimé le périple.

Némo nous oriente, conseille, apprend à manipuler les voiles, le sens du vent, la météo, les directions...

Un calamar vient de s'échouer sur le bateau. Cinq minutes plus tard, il baigne dans une marinade de citron. Sa tête scalpée nous servira d'appât pour les poissons.

Nous apercevons la Corse et suivons le cap sur une mer agitée, trop agitée.

Le calme arrive et il nous est nécessaire de naviguer au moteur. Aucun vent à l'horizon, nous continuons pendant un long moment au gasoil. On en profite pour cuire des pâtes, le repas chaud aiguisera nos sourires le temps de quelques bouchées.

La nuit se lève, l'écume du soleil scintille sur Bastia. Il disparait lentement laissant apparaitre Cassiopée derrière nous, les quarts débutent, bonne nuit.

TROISIÈME JOUR : ITALIE

Le calme est toujours présent, le lever de soleil indique notre cap, Tonton est à la barre, Némo à ses côtés, les dauphins nous accompagnent.

Ils sont une dizaine à nous suivre, jouent, sautent, entraînent Vilmy dans leur course. Nous comprenons pourquoi nous vivons cette aventure. Tonton crie, tape des mains. Sa bouche forme un coeur, un océan d'émotions s'y dégage. Némo est habitué mais c'est un spectacle différent à chaque fois, nous avoue-t-il.

Le calamar cuit la veille s'accompagne merveilleusement bien avec mon café soluble froid. Le luxe de cette aventure est de la vivre, le reste est superflu. Le culte du confort et les envies de chacun sont mis de côté. On s'adapte, s'entraide, rigole un maximum, pour le moment...

La ligne de pêche frétille,

- ça mord ! S'écrie Tonton à la barre.

Némo s'élance sur la canne à pêche, remonte le poisson et, surprise, il s'agit d'un petit espadon. Son sang git sur le cockpit. Il est tué d'un coup de couteau au coeur. Des seaux abondent pour rincer la mare d'hémoglobine ; la découpe peut commencer. Je mange les restes crus avant de jeter à la mer son dû. C'est délicieux et moins cher que le japonais. Les filets sont conservés au réfrigérateur.

Le chemin suit son cours et porte Vilmy sur des miles. Sept, bientôt sept et demi, la recherche du moindre nœud devient une obsession, j'adore ça.

Il est 1h, Némo me remplace puis Tonton suivra, bonne nuit.

Et cette mer, je comprends mieux pourquoi on parle d'elle au féminin. Parfois colérique, parfois tendre. Cette puissance de vie en son intérieur et ma naïveté face à elle. Je m'y sens bien, la séduire me passionne, la charmer pour mieux l'apprivoiser. Quand la terre approche, je fais mine de la quitter, alors elle se déchaîne pour que je revienne. Et je longe ses côtes, et je joue de ses humeurs. Douce femme drapée de velours, je t'ai souvent snobée, te jugeant sur ta plastique. Mais désormais, ton appel me résonnera chaque nuit au creux de ma mémoire, et ce, jusqu'au prochain cycle de ma vie. Sur mon testament je notifierai à la rubrique Méditerranée: poussez-y ma barque sur son étoffe, ma mort y sera une fin en soie.

Petite goutte cosmique abritant un jeune clichois. Mes racines à Clichy, ma floraison dans l'éternel, mon histoire. Je suis et resterai un pépin du bitume. Je cherche seulement à colorer mes racines grises. Muni d'un pinceau, je trouve le meilleur cyan. L'an dernier, je suis parti à vélo au Maroc, cette année, je pars à la voile en Thaïlande. Ma palette se garnit et j'apprends à peindre. Clichy à qui j'en ai fait voir des couleurs... Petit village qui m'a vu naître, grandir et devenir. Du quartier nord où ma petite vie a débuté à la rue des droits de l'Homme, du Leclerc au bac d'Asnières, de la zone industrielle aux berges de Seine, de l'ENREA à Auffray, de Jean Jaurès au Barroso, j'en ai parcouru des kilomètres. Je te connais par coeur, chère amie. Je reste témoin et acteur de ton changement. Un jour infirmier à ton domicile, le lendemain en bas d'un de tes bâtiments; un soir avec un cône entre les doigts, la veille moralisateur. Toi aussi tu me vois changer... Et je continuerai encore et toujours, selon l'humeur de mon avenir, et l'on ira raconter notre belle histoire, ensemble. D'ici, de la merveilleuse mer, je peux cueillir des étoiles. Toi, tes tours et tes lumières te l'en empêchent. Alors je vais te dire comment elles sont, en espérant apaiser quelques unes de tes angoisses, ma ville. Elles sont radieuses, radieuses et tristes d'être oubliées, oubliées dans l'inconscience d'un monde qui oublie les étoiles, étoiles radieuses, radieuses et tristes d'être oubliées.

QUATRIÈME JOUR : ITALIE

Lever de soleil avec un nouveau groupe de dauphins. Némo nous avait prévenus : « le vent se lèvera et vous allez connaitre la voile ! ».

Nous avons entre vingt-deux et vingt-huit noeuds dans le dos. Les vagues gonflent comme des ballons, mesurant jusqu'à cinq mètres de haut. Nous nous cachons sous les creux, ne distinguons l'Italie que lorsque la mer nous emporte au sommet des déferlantes. Vilmy galope, pointe en tête, son courage le rend inépuisable et son jockey prend un immense plaisir. Elles passent désormais à sept mètres, le gouffre nous avale et nous recrache à chaque coup de barre. Le beau Vilmy surfe, son mat tire, les bouts grincent, les voiles se dressent, les bras se congestionnent.

Nous mangeons de l'espadon ce midi, cuit à la poêle sous les acrobaties de Tonton, un délice.

L'après-midi, nous apprenons des manipulations en cas de gros vents. Les blagues fusent, les vagues ne s'épuisent pas, la route continue. Il est 20 h 14, je finis cet article car mon tour de quart approche.

02 h 02, quart fini, capitaine Némo me remplace mais l'envie de raconter ce moment me pousse à écrire encore un

peu. C'est juste incroyable, le quart a été formidable et j'espère que les vidéos tournées témoigneront de ce moment magique. Elles diront:

« Serpentant entre les méandres de l'obscurité, Vilmy monte au galop, ne laissant derrière lui qu'un souffle court sous les yeux plissés de sa majesté lunaire. En son bord, Tom le Grand, digne descendant d'Alexandra la Grande, championne des jeux de maux et barreuse de lumière. Ils forment le plus prestigieux des duos pour jouer sur ce type de terrain. La mer se déchaine, elle s'étend, s'étire, enfin libre de respirer après ces mois d'été, prisonnière d'un ciel trop clément. Vilmy fonce, tête baissée, voiles ferrées, son jockey l'accompagne, conquérant la moindre vague. Qu'ils sont beaux tous les deux ! Quel spectacle ! Le gladiateur et sa monture dorée, oh my gold ! La lune applaudit, Cassiopée admire l'équipage franchir la ligne d'arrivée. Orion les félicite, les attend, étoiles fermes, en son berceau de protection, à leur cap, Est Sud-Est, la Thaïlande. La course prend fin, mère Méditerranée laisse se reposer les deux guerriers. Elle caresse Vilmy dans le sens du mât et offre à Tom deux cadeaux terribles et somptueux : des ombres de souvenirs et déjà, la nostalgie d'une future épopée. »

CINQUIÈME JOUR : ITALIE

Je m'empresse de raconter la nuit à Tonton. Il est déjà au courant et me dit ne pas avoir pu dormir plus d'une heure.

La mer est très sage et nous sommes obligés de démarrer le moteur pour avancer.

Il est fonctionnel en moyenne deux heures par jour pour recharger les batteries qui nous servent à l'utilisation du GPS, la pompe à eau, les toilettes, les veilleuses de nuit et les téléphones portables.

La ligne de pêche est lancée, rien à l'horizon. Némo se repose enfin, nous naviguons seuls avec Tonton et longeons les côtes italiennes pour en atteindre sa botte ce soir. Némo commence le quart, mon tour arrive à minuit. La lune s'arrondit, elle sera pleine demain. C'est calme, trop calme le long des côtes italiennes...

SIXIÈME JOUR : ITALIE

Malte se rapproche, le Stromboli est à tribord. Le volcan dégage une fumée blanche en direction de Panamera. Les îles éoliennes sont à quelques dizaines de miles, nous nous approchons de la Sicile. Vous voulez de l'exceptionnel, des requins blancs, des gris et des noirs ? Un naufrage récupéré ? Une attaque de pirates échouée ? Un record à soixante-dix nœuds de Vilmy ? Et bien aujourd'hui, c'est zéro en pêche, en vent, le canal de Messine me donne la nausée, Tonton est malade et nous n'avons plus de gasoil. Je pourrais faire des commentaires de radio et tenter de rendre passionnante cette journée vous me direz. J'accepte:

« Soudain, Vilmy ralentit! Exceptionnel, il ne bronche pas, fixe l'horizon, évalue son adversaire et, d'un pas lent, s'approche de son cap (vent faible). Que va-t-il faire ? Il a les filets en face de lui, plus qu'à tirer ! Allez Vilmy ! Oh, manqué (mauvaise pêche)... Il est à terre ! Semble blessé (panne de gasoil) ! Non, c'est une crampe à en juger son mécanicien (Tonton). Il nécessite des soins d'urgence et une bonne hydratation (deux heures pour trouver la station service). Il se relève (soixante-dix litres avalés).

Les spectateurs sont réjouis et le match peut reprendre sous les feux des projecteurs (pleine lune ce soir). »

Oui, la pleine lune est le lot de consolation d'une journée longue, mais voyager dans ces situations, c'est apprendre à s'ouvrir aux longueurs.

SEPTIÈME JOUR : ITALIE-MALTE

La balade continue. De nouveau, les dauphins courent après Vilmy le bel italien. Une sensation de grande liberté nous traverse. Nous commençons à nous acclimater avec le bateau, le temps et l'espace immense qui nous entourent. Les journées passent terriblement vite finalement.

L'Italie s'efface à bâbord. La Sicile nous longe sur tribord. Une régate a débuté, environ cinquante voiliers foncent vers nous. Le soleil tape, le bronzage s'intensifie, les nuages se font de plus en plus rares. Il est 13h, plus que soixante dix miles avant l'arrivée à Malte.

La vie est belle, l'immensité de la mer est une larme d'étoile dans un univers infini. Mon vertige face à la Grandeur s'efface de jour en jour et je me sens être, être en ce monde, compris de lui.

Malte est proche...

HUITIÈME JOUR : MALTE

Imaginez vous: la nuit, la lune épaisse, vingt-huit degrés, le short de bain, le torse nu, le souffle léger dans le dos, la vue dégagée, les deux comparses qui dorment et le petit pastis à la main... Imaginez la scène et appréciez ce doux plaisir que je viens de prendre cette nuit en approchant Malte.

Nous arrivons à 3h du matin. Les lumières du port attirent Vilmy, fatigué d'une première course sans répit.

3 h 30, nous dormons sans que personne ne tienne la barre...

Au matin, les premiers pas hors du bateau me font chavirer. Je perds mon équilibre continuellement et tangue à chaque pas. Serais-je devenu un vrai marin ? Je dors sans gêne sur le voilier, n'ai jamais ressenti le mal de mer, attends l'appel du vent pour être heureux, mange des conserves et du poisson frais... et là, j'ai le mal de terre.

Tonton et Némo travaillent sur Vilmy, il faut le nettoyer, réparer deux trois bricoles pour le remettre sur coque. Pendant ce temps, j'écris, j'apprends que je vais être tonton pour la première fois d'une petite princesse, TonTom...

Premier épisode achevé. La prochaine étape est à l'entrée du canal de Suez ou en Crête, cela dépendra de la météo.

C'est avec le plus grand des plaisirs que j'écris ces quelques lignes et souhaite vous faire voyager quelques minutes.

J'espère que les enfants des maternelles Condorcet et Georges Boisseau auront plaisir à suivre ces aventures. Le passage sur le pastis pourra être transformé par du sirop d'anis d'une mamie aimante avec l'autorisation de l'auteur. Il lui donne !

Merci pour les encouragements et pour les meilleures pensées que chacun de vous puisse transmettre.

À dans dix jours.

NEUVIÈME JOUR : MALTE

La navigation reprend à 11h ce matin. Nous remplissons le réservoir de gasoil, achetons deux bidons de plus et quelques minutes plus tard, nous sortons du port.

La grand-voile et le génois sont hissés sous vingt nœuds de vent. Quelques blessures m'assiègent. Mon index a reçu un coup provoquant un bel hématome sous mon ongle et du sang coule sur mon tibia. Un ris est posé, diminuant notre prise au vent. Nous partons en direction de la Crête.

Le calme prend place au cockpit contrastant avec un vent battant de face. Tonton est un personnage génial et ses récits pourraient alimenter des centaines de pages.

Alors qu'il me parle de son fils, ses iris en miroir avec la « P'tite Bleue » plongent ses pupilles dans une vague de tendresse d'un père aimant. Ses yeux s'éclaircissent, sa voix rauque devient chantante, il respire de longues secondes épuisant l'air qui l'entoure, il l'aime son Yann...

La lune se lève à l'est, plus tardive que les jours précédents. Elle croît tel un lever de soleil couvert d'une perruque rousse. Nous avons pu profiter d'une toile céleste complète et devant l'ombre des étoiles, coule une trace de lumière abstraite, la voie lactée.

Le vent diminue, se faisant rare. Se glisse un filet de zef sous la crinière de Vilmy. Mon quart débute, je démarre le moteur vers minuit et ne suis pas prêt de l'arrêter. Des bulles apparaissent à quelques mètres du bateau. Un temps plus tard, les mêmes perles d'air surfent en surface et deux dauphins me saluent. Je tente d'imiter « Flipper » avec ma langue coincée entre mes dents mais je parviens juste à les faire fuir. Tonton prend ma place à 4 h 30, il est en pleine forme. Je pars dormir ma plus longue nuit depuis le départ, six heures.

DIXIÈME JOUR : MALTE-CRETE

J'ai hésité... J'ai hésité à publier le reste de notre aventure avant mon arrivée en Thaïlande car j'ai omis de mentionner un détail dans l'article précédent. Mais quoi ? C'est une des plus belles expériences de ma vie. Alors, profitez de l'histoire qui suit. J'ai fait le choix de tout dire quitte à masser le coeur de certains. Je ne veux pas de réflexions qui ne soient pas constructives et, promis, tout se passera bien. J'ai oublié de préciser dans l'article précédent que désormais, seuls Tonton et moi, les deux apprentis, continuons l'aventure. Némo a rejoint Nice la veille comme convenu avant le départ. Notre apprentissage a duré sept jours. Ceci étant dit, le récit peut reprendre.

À mon réveil, le moteur tourne toujours depuis bientôt dix heures. Tonton s'aperçoit qu'un bout' a mal été fixé, le génois est réduit d'une vingtaine de centimètres de hauteur. Le vent n'est toujours pas revenu depuis hier. La météo en indiquait pourtant des pointes à dix noeuds.

Pour résumer, la voile principale est à réparer et nous consommons du gasoil qui, si le temps n'est pas changeant, ne nous permettra jamais d'arriver à destination. Et le temps ne s'améliorera pas... J'ai des inquiétudes sur l'avenir et la sagesse me quitte un instant. Nous avons une autonomie d'une soixantaine d'heures au moteur et la Crête est à plus de cent heures de navigation. Des difficultés, nous allons en croiser mais je ne les espère jamais. Puis le voyage ne commence qu'à peine...

J'irai jusqu'au bout. Non pas par orgueil mais j'ai donné ma parole. Je suis lié à Tonton pour les prochains mois.

Des tortues circulent librement aux abords de Vilmy. Elles veulent toutes être vues par l'étalon, mais ce dernier a soif, soif de gasoil pour pouvoir profiter du spectacle des carapaces. J'apprécierai leur visite plus tard...

Il est 3h du matin, déjà vingt-sept heures que le moteur tourne. Ne me dites pas qu'un Dieu existe, je ne vous croirais pas ; mais ne me dites pas qu'il n'existe pas, je vous croirais encore moins. Alors, cette nuit, je prie... Je prie pour que le vent vienne et que le génois puisse supporter la traversée jusqu'à la prochaine marina, à deux cents vingt miles d'ici.

ONZIÈME JOUR : MALTE-CRETE

Je me réveille, un nœud au ventre et 3,6 nœuds au compteur. Le moteur tourne toujours, ne laissant présager aucun vent, cela depuis trente-quatre heures maintenant. La seule bonne nouvelle est de savoir que le bateau ne consomme que très peu de diesel. A cette vitesse, il nous faudrait au moins vingt ou trente litres supplémentaires pour arriver à destination.

Tonton me parle de tortues qu'il vient de croiser, j'ai la tête ailleurs. Je ne vois qu'un désert bleu et Vilmy, pauvre dromadaire déshydraté. Bon, nous avons des vivres, une radio qui fonctionne bien, des fusées et des bateaux qui circulent à quelques miles plusieurs fois par jour. J'essaye de penser à autre chose mais ce bruit de machine qui résonne sans arrêt me renvoie à une réalité: à un moment ou un autre, nous allons être en panne. La météo annonce encore moins de vent qu'hier, qu'on aille au sud, au nord, à l'est, rien, pas un sifflet. Tonton décide de réparer le génois. La voile grimace, une partie sur le parquet, battante comme une ride d'un Berlusconi déchu. Il analyse, me laisse la barre, tire sur la drisse, aucune réaction. Il s'avance à l'avant du bateau, prend une paire de jumelles, se couche sur le pont perpendiculairement au mât, fait des vas-et-viens en articulant le foc et tire à nouveau sur la drisse. La voile remonte d'un petit centimètre, un centimètre d'espoir. C'est avec peine qu'il jouera à ce petit jeu pendant un gros quart d'heure. Soulagement, le génois est remis à sa place.

C'est son anniversaire aujourd'hui. Dans les provisions achetées à Malte, j'ai glissé quelques éclairs au chocolat. Éclairs... je rêve d'éclairs, de tempêtes, d'orages, d'un ouragan mais s'il vous plait, accordez-moi un murmure du ciel, pourvu qu'on arrête ce fichu moteur. J'échangerais une brise contre ma foi. En attendant, on trinque à sa santé.

Des dauphins, toute une famille s'envole dans ce ciel aride qui est sous nos pieds pour participer à l'évènement. Mon nœud se dénoue et nous applaudissons nos amis. Ils sont venus au meilleur moment de la journée.

Avant de partir, Jamel m'a donné un bracelet pour être présent dans l'aventure. Je lui avais dit: « C'est marrant, si je suis en galère, la personne à qui je penserais, c'est toi. » C'est écrit dessus « Veni, Vidi, Vinci » et je me demande si ce n'est pas un bracelet publicitaire pour les parkings Vinci. Y penser me fait rire.

Nous rentrons en réserve, il nous reste quelques litres de gasoil dans des bidons et n'allons pas tarder à nous en servir. Je parle à Tonton de mes prières de la nuit passée pendant qu'il prépare l'entonnoir et s'apprête à éteindre le moteur. À ce moment-là, je vous le jure sur tout ce que j'ai de plus cher au monde, un léger vent se lève, il est 16 h 24. Il passe de deux à quatre nœuds, bientôt cinq et demi et même huit. Le moteur coupé, le génois réparé, Vilmy se cabre et avance au trot.

T'ai-je traité de dromadaire ? Bel étalon italien ! Allez mon Vilmy ! Sa vitesse monte jusqu'à 4.8 noeuds, voiles bordées ! Les sourires s'élèvent, l'espoir de continuer soulage mes reins. Le vent ne nous quittera plus jusqu'à cette nuit mais chaque mile parcouru sans essence est une bénédiction.

Je récupère d'une sieste avant de prendre mon quart, la nuit va être longue.

Il est 22h, le vent souffle à trois nœuds, il vient de l'est, de notre destination. Il tombe comme une robe de mariée un jour J et voilà le ciel nu, ou presque. Cette nuit est la pire des nuits depuis le début du périple. Il fait froid. Avec un souffle aussi ralenti et changeant de direction, il m'est difficile de garder mon cap. Soudain, il tourne, d'un coup, ayant prévenu tout l'univers sauf moi, moi qui suis courbé comme un point d'interrogation. Le bateau à faible allure arrête sa course et je n'arrive pas à le remettre sur ses rails. J'essaye tous les tours de barre possibles et me rends compte d'une chose, nous avançons en marche arrière... Ouais, en arrière... J'ai du mal à comprendre le phénomène mais, aidé de ma lampe frontale, je distingue la lente coulée d'eau affûter les bordures du voilier, dans le sens inverse. Puis, les étoiles s'éloignent et, ça se ressent quand même quand on conduit à l'envers !

C'est quoi ce caprice Vilmy ? Qu'est-ce que t'es en train de me faire ? Fonce devant, Chameau ! Je n'en peux plus, ris jaune, jaune pâle. Je regarde en dehors du bateau cherchant un témoin de ce scandale, mais personne, vraiment personne. Un peu de moteur pourrait me permettre de nous aligner à nouveau dans une bonne direction, mais le boucan réveillerait Tonton. Je préfère attendre qu'il se réveille, le moteur est à ses pieds. Je tourne la barre à fond espérant reprendre le vent. En vain… Tant pis, je décide de continuer notre chemin, on est dans la bonne direction, mais en marche arrière.

DOUZIÈME JOUR : MALTE-CRETE

Pardonnez-moi, ça m'a vraiment fait rire de finir le dernier article sur le coup de la marche arrière. Au bout de cinq minutes, j'ai remis le foc, j'ai pu changer de direction, virer de bord puis reprendre un cap normal, en marche avant. Quoi ? C'est un récit plein de rebondissements, non ?

Chaque matin, c'est sensiblement la même routine. Je sors de mon tiroir, me lève, les yeux froncés, regarde dehors, Tonton me demande avec le sourire :

- Ca va Tom ?

- Ca va et toi Tonton ?

- Ca va.

Bref, ça va pour tous les deux !

Place au petit déjeuner, brioches et café puis petite toilette avant de remplacer Tonton à la barre. Nous lavons la vaisselle de la veille, pronostiquons sur l'état de la mer puis parlons voyage.

Aujourd'hui, l'eau est claire, nous naviguons à petite vitesse et Tonton pêche un thon. Je me chargerai de la découpe. La prochaine fois, j'espère bien mener bataille avec. Dans ma pharmacie, j'ai pris un kit de réanimation et décidé de pratiquer une simulation sur le poisson. Pendant que je pose une perfusion au niveau de sa nageoire inférieure, j'explique à Tonton les gestes à exécuter au cas où je ferais un arrêt cardiaque. L'ampoule d'adrénaline diluée dans ma seringue, je donne à gober quatre comprimés de Plavix à la pauvre bête agonisante tout en injectant l'épinephrine.

La voilà maintenant rétablie, elle me demande si la figuration a été effectuée avec succès ou si l'on doit recommencer. Elle désire une bière aussi. Bon d'accord, ce n'est pas vrai. Pas de perfusion, rien de tout ça, seulement cinq kilos de chair qui dorment dans une marinade.

Thonthon, spécialiste culinaire nous prépare des toasts délicieux avec ce petit cadeau de la mer.

Nous nous approchons de la Crête doucement. Les journées passent terriblement vite et aujourd'hui, notre distraction est ce petit oiseau qui répond au nom de Titi. Je n'ai aucune idée quant à son espèce, mais il fait partie de ce type de pioupiou qui vous laisse un présent avant de partir, juste là, sur les marches de l'escalier. Tonton l'aime bien, ils ont vogué ensemble des heures durant. Je te rends grâce petit Titi, mais si tu défèques encore une fois sur le dos de mon étalon, je te fais une version de « ça cartoon » où gros minet finit vainqueur.

J'ai horreur des gens qui arrivent en retard. Le respect commence par la ponctualité et ce soir, Madame la Lune débarque avec une demi-heure de plus qu'hier, moins habillée que la veille qui plus est. Elle s'excuse d'une bise. Ses rires m'enchantent et accompagnée de Vénus, je passe la nuit avec deux femmes...

TREIZIÈME JOUR : CRETE

Calme plat aujourd'hui. Pas grand-chose à commenter pour le moment. Mais quand vient le soir, tout bouscule. Pour commencer mon quart, un rituel s'organise à la tombée du jour. Mon téléphone à mes côtés pour écrire, mon casque audio, la parka que Tonton m'a offert, ma bouteille de grenadine et une clémentine sont méticuleusement disposés sur la banquette du cockpit.

Ce soir, le vent souffle de plus en plus et mes bras tirent un peu. Tonton me remplace plus tôt que d'habitude. La nuit fut courte, à peine deux heures de sommeil, dont une avec le moteur allumé. Ca secoue beaucoup ici. Le vent soufflait à quinze noeuds, il est passé à dix-neuf. Un ris est posé, le foc diminué, nous fonçons vers la Crête ! Les vagues muent, cela faisait bien longtemps! Quel plaisir! Je retrouve les sensations de jadis.

- Terre !

Oui, enfin cette fameuse terre tant désirée... Nous la voyons comme un nuage au loin, mais non, c'est bien la Crête.

Avec ce vent qui souffle encore plus fort, ce bateau qui tape contre les vagues de quatre mètres, Vilmy souffre, très certainement ! Le mât, tel le tronc d'un vieux chêne, médite, mais médite dans la douleur. Les haubans se font fouetter par l'iode et les bastaques souhaitent mourir. Il est temps d'arrêter l'horreur, nous affalons la grand-voile.

Nous arrivons en Crête à 14h, épuisés. Nous n'avons cumulé que sept heures de sommeil ces trois dernières nuits.

La marina est isolée dans un chantier de réparation. Il y fait froid, c'est moche, personne n'est présent pour discuter mais, c'est gratuit et nous repartons demain matin...

J'écris avec une fatigue immense. Nous sommes vraiment usés.

Départ pour le Port-Saïd. A dans six jours, si les vents en décident ainsi.

Dans *Bagdad Café*, il aurait pu y figurer la marina dans laquelle nous sommes. Un vieil homme nous accueille avec une politesse presque invisible et un accent particulier. Il a le visage de son île, creusé à certains endroits, vallonné à d'autres, les yeux arides et l'humeur sèche. Parfois, j'ai l'impression qu'il parle italien, puis espagnol, puis anglais, puis plein d'autres langues... On n'y comprend rien avec Tonton. Le langage des signes étant universel, nous adoptons cette stratégie et demandons du gasoil. Un pompiste arrivera par la suite et mon ami crétois n'apparaîtra plus. Les premiers pas sur terre s'avèrent plus facile qu'à Malte. Nous nous familiarisons avec les voiles, adoptons le langage marin. Je deviens spécialiste des nœuds et Tonton, champion de réparations.

C'est en naviguant qu'on devient forgeron.

QUATORZIÈME JOUR : CRETE

Le départ pour le Port-Saïd est imminent. Vilmy s'est bien reposé. Les Vilmettes des alentours ne valaient franchement pas la peine de rester plusieurs jours. Un petit coup de brossage, sept heures de sommeil, le réservoir plein et nos estomacs garnis, nous coiffons la Crête de l'Europe pour rejoindre les Tresses d'Afrique.

Je pars plus rassuré que de Malte. Les aises sont prises et l'alliance Tonton-Tom pour hisser les voiles fonctionne à la perfection. Notre réserve de carburant couvre une grande partie du trajet en cas de pétole (absence totale de vent) et les batteries sont pleines.

Le soleil se couche comme à son habitude, nous le voyons revêtir sa cape orangée. Le tissu de roche que nous quittons vient border le grand jaune. Il disparait pour mieux apparaître demain, face à nous.

C'est l'heure de l'apéritif, on mange puis je dors avant le quart de nuit.

Merveilleuse peinture !

Imaginez une toile noire parsemée d'étincelles. Ces étincelles scintillent, elles sont nombreuses, des centaines, bientôt des milliers, maintenant des millions. Certaines font plus de lumière que d'autres, mais chaque soir, elles retrouvent leur place initiale, bel échiquier infini. C'est un jeu qui s'ordonne la nuit tombée et moi, je suis là, petit supporter et arbitre parfois. Comme ça, tous les soirs depuis deux semaines...

« Pape à crête », jolie contrepèterie non ?

QUINZIÈME JOUR : CRETE-EGYPTE

    Notre aventure est un vrai film. C'est simplement incroyable, surprenant, génial et magique. Déjà quinze jours passés. Trois-cent-soixante heures à bord et des lignes écrites à l'ancre du voilier. Ces drapeaux en traction ; ces soleils flottants ; ces miles qui défilent ; ces vagues monstrueuses puis ce calme plat ; ce moteur grinçant ; cet indicateur de vent et cette boussole usée par nos regards ; ce café froid qui, à force de le boire, en devient presque bon ; nos apéritifs ; les ressources de blagues inépuisées de Tonton ; ce sommeil de chien de garde ; cette vaisselle distrayante et ces mêmes pâtes qui cuisent ; ce cockpit qui aplatit mon derrière ; cet horizon, toujours ce même horizon et ce cap, ce cap...

Été 2012, arrivé à Gibraltar avec mon vélo, j'avais 3600 kilomètres aux mollets. Je venais de passer le pont le plus austral d'Europe et débarquais sur une plateforme avec la mer à mes pieds et une côte derrière elle. Un maitre nageur anglais surveillait la plage vide de monde et pleine de sable. Je lui ai demandé ce qu'étaient ces montagnes qu'on distinguait au-delà de la mer, en espérant la réponse. Il me répondit « Marocco ». Un frisson a parcouru mon dos faisant pleurer mon coeur, mes poumons et suer mes yeux. Je me suis tu, pour une fois, et je me suis tu un long moment. Mon cap venait de m'être désigné. Tous ces efforts récompensés dans ces dix minutes de silence. L'Anglais me parlait mais je n'écoutais que cette victoire. J'étais bientôt arrivé au bout de mon voyage, au bout de moi-même.

C'est ce frisson, cette joie, ces mêmes jambes qui flagellent, ces lèvres gercées de chaleur, cette rate vidangée, ces mains qui s'ouvrent après avoir souffert des heures, fermées sur un guidon, fermées sur une barre. Des heures, des jours, des mois, c'est cette cicatrice de bonheur que je cherche à rouvrir. C'est cette endorphine qui décompose mon corps, cette quête de moi-même, moi, junkie de ma découverte. Je ne veux pas plus, car il n'y a à mes yeux rien de plus enivrant que ce moment vécu à Gibraltar. Je désire le même à notre arrivée en Thaïlande, juste le même, juste dix minutes, ou cinq, mais cinq longues minutes alors...

« Tom, garde ton cap, Vénus vient de passer derrière le chandelier, elle était devant...». Et il a raison. Il a toujours un truc à faire, ou à défaire d'ailleurs. Ses nuits varient selon ma conduite. On rigole bien.

- Sinon Tonton, l'écrivaine qui devait venir, elle t'était désirable ?

- Il y a quinze jours je t'aurais dit non ; aujourd'hui, c'est une vraie bombe !

Il me pardonnera de l'avoir écrite celle là. J'en ai un paquet en réserve.

« TONTON TOM »

Ton tonton en aura des choses à te raconter... J'attends ta naissance impatiemment petite princesse. Comme mes tatas l'ont fait pour nous, je serai de cette rangée de tontons présents et aimants car c'est dans notre sang que d'aimer. Je nous imagine déjà ensemble, aller au parc, tous les deux, main dans la main et tu me feras rire, beaucoup rire. Je te parlerai de mes histoires de jungle, de caïmans, de jaguar et d'anacondas pour t'endormir. Tes yeux fermés, je serai ton meilleur conteur jusqu'à entendre ton petit nez battre des ailes. On partira en vacances et je t'apprendrai à skier et à naviguer. Quand papa et maman seront fâchés, c'est à moi que tu avoueras tes bêtises et je mentirai pour te protéger. On fera tes devoirs tous les deux. Jusqu'en primaire, je pense pouvoir t'aider. Tes petits copains devront passer par moi avant même de te regarder et je jure d'arracher les orties à la racine. Ta place est prête dans notre famille ma chère nièce. Il te manque un grand-père mais tu l'apercevras sur des photos. Nous te parlerons de lui et tu le connaîtras très bien. Tu comprendras combien ton papa t'aime, il a hérité de son coeur. Je te montrerai sa place dans les étoiles, ces étoiles qui sont en nous. Tu verras, il veille sur toi autant que sur nous cinq. Tu auras deux mamies extraordinaires ma chérie, elles te gâteront, crois-moi. Ta tata sera gaga avec toi, elle aussi t'attend.

C'est avec mon stylo trempé dans une larme de bonheur que j'écris ta première lettre. Je reviens bientôt pour t'accueillir avec ton père, mon frère... TonTom

SEIZIÈME JOUR : CRETE-EGYPTE

Incroyable libération! Voici venu un vent inespéré flirtant avec notre beau dada. Dansez ! Et toute la nuit si possible ! Laissez-moi vous guider, je suis mauvais danseur mais bon chorégraphe. Dile que si Càbron ! Fais tourner cette bise scandinave. Elle se réchauffe sous la régularité des pas du grand danseur de salsa, El Vilmy, l'italien reconverti. Enchufla doble con este viento, ahora setenta, muy bi ti. Enchufla doble con este viento, ahora setenta, muy bien ! Vale amigo ! Ce sont toujours des moments d'exception. J'écris en même temps que je vis mes émotions. Je suis assis derrière la barre, le ciel est de plus en plus sombre avec des éclats d'étoiles de plus en plus clairs.

Et ce vent que la météo n'avait pas prévu, ce moteur qui s'éteint, cette course qui reprend, la vitesse double en quelques secondes, ce bruit des vagues qui claquent, c'est majestueux. Jamais de ma vie je n'aurais imaginé prendre autant de plaisir à l'arrivée d'un vent. Je savoure et transmets cet instant. Au début de l'aventure, honnêtement, je trouvais ça désagréable. Le bateau qui s'affolait, devoir s'accrocher à n'importe quoi pour ne pas tomber ou se blesser, être secoué sans arrêt, maintenant, je ne désire que ça. Laissez mes bras et mes cuisses me retenir aux armoires. Laissez ma tête valdinguer, elle le demande. Empêchez-moi de dormir, à condition que vous dansiez ! Danse avec le vent, salserito ! Vous êtes contentes, vous là haut ? Elles ont vu, depuis le début ; elles voient tout.

DIX-SEPTIÈME JOUR : CRETE-EGYPTE

Des nuits comme la précédente, laissez-en moi encore mille avant d'arriver en Thaïlande. Je veux vivre des nuits comme celle-là éternellement même. Ce qui m'impressionne, c'est ce vent apparu soudainement. La météo ne le prévoyait pas, enfin, pas aujourd'hui. Je ne sais pas si nos appels sont exaucés, rien de rationnel dans tout ça, je vous l'accorde. Sans doute, la météo marine s'était trompée.

Nous serons propulsés jusqu'à Port-Saïd, c'est certain. Plus d'angoisse de carburant, vitesse accrue, voiles bien bordées, c'est ça le voyage de nos rêves.

Comme par magie, la ligne de pêche swingue, je tente de remonter le poisson, mais ma technique n'est pas au point. J'ai failli casser le moulinet et ai rayé le teck. Tonton prend le relais. Un nouveau thon à découper. Cette fois-ci, je ne fais plus dans la dentelle, je sors les viscères, coupe quelques filets et jette le reste à l'eau. Thonthon nous prépare deux steaks de poisson à l'ail et au poivre ; frais de moins d'une heure, un délice.

Au fur et à mesure du voyage, nos corps se forment et se développent. Nous sommes sans arrêt en traction et je n'ai jamais eu des mains aussi poignantes qu'aujourd'hui. Mes douces paluches d'infirmier qui caressent les avant-bras des pauvres patients avant de les piquer sont désormais deux parpaings d'électricien. Avec ma barbe qui continue de pousser, je ressemble de plus en plus à un homme, je croîs.

Tonton, lui, n'a pas ce souci d'esthétisme, ses mains sont lézardées. Je m'explique : il peut se scier un doigt, ce dernier repoussera et une légère cicatrice avec un coeur dessus apparaitra.

- Tom, l'oiseau m'a dit au revoir... Il ne reviendra pas.

Bien sûr... Tonton pense avoir compris qu'il faisait ses adieux. Ca fait trois jours qu'il a marqué son joli territoire partout avec ses chiures, s'est retrouvé dans mon verre à pastis, m'insultait ouvertement et voilà que Tonton me joue des sentiments avec la micro volaille. Et bien, il a eu raison... Son ami l'oiseau n'est jamais revenu...

DIX-HUITIÈME JOUR : CRETE-EGYPTE

Je me suis fait peur. Assoupi, j'ai vu une lumière de bateau s'approcher la nuit dernière. J'ai changé de cap et me suis aperçu que c'était la lune...

Le repos se fait désirer et les désirs sont au repos.

Dormir... Une nuit dans un lit King Size avec petit-déjeuner à volonté, fruits frais et chocolat tiède. Un réveil mentholé avec le soleil qui attendrait que mes yeux s'ouvrent pour rayonner. Paris qui émerge, un bain qui coule, du savon de Marseille et la radio sur Crazy de Seal. Croyez-moi, j'n'en veux pas... Laissez-moi mon poulain cavaler crinière au vent ! On a une histoire à écrire mon Jappeloup ! J'avale ces biscottes humides et ce foutu café délicieux. Ma taie d'oreiller transpire ma propre sueur et tente de sécher sous l'air de mes ronflements. Mes cheveux, alchimie de paille et d'iode, oxydent la brume désormais. Mes pieds secs devenus lumineux à force de cultiver des ampoules, éclairent le teck comme dans *Billy Jean*. Ce dos, tenu par une chaine rouillée appelée colonne vertébrale, pleure sur mes fesses postées à 142° Est, Sud-Est de la barre. Et ce scénario qui se répète, et cette mise en scène qui se prépare, et ce spectacle qui manque d'entracte, c'est ça l'aventure, notre aventure... Quelle aventure ! Qu'on ne me la salisse pas avec ce joli confort. Je prendrais soin de moi en temps voulu, plus tard. La précarité a pour vertu de forger la solidarité et les épaules. Nous nous régalons quand même avec Tonton et nos recettes vilmyennes. Notre unique short tient depuis bientôt trois semaines sans grimacer. Nous nous sommes installés deux coussins dans le cockpit. Honnêtement, nous ne sommes pas à plaindre...

Demain c'est l'arrivée à Port-Saïd. Nous venons de traverser soixante-dix miles en douze heures, notre record. Vénus tient la même chandelle, la Blonde se couche, les nuages rosissent. Notre nuit va débuter sur l'autoroute de la mer, l'embouchure du canal de Suez.

Ce sont des bateaux qui défilent, et quel défilé ! Certains sont chargés de centaines de containers. Ils mesurent L ou XL, voire XXL pour le plus gros. Oui, je me sens tout petit habillé d'un Petit Bateau, mais mignon. Tonton me remplace à deux heures ce matin, il esquivera les plateformes pétrolières. L'Afrique est proche. Bonne nuit

DIX-NEUVIÈME JOUR : PORT-SAÏD

Le periph' est bouché, il est midi lorsqu'on arrive *Porte de Port-Saïd*.

La radio éternue, un égyptien nous parle en anglais...

Tonton décroche le téléphone VHF:

- Vilmy two Vilmy two for control, dit-il avec son meilleur accent antibois.

- Control for Vulmhi Fou, give me the real name of the boat, réplique le "control".

- It is Vilmy : V like Vélo,   I, like Imam,   L, like Like, M like ?, Aie grecque like Yannick

- Vilmy, is it ?

- Yes !

On m'aurait prévenu, j'aurais filmé.

Le « control » nous fait patienter une trentaine de minutes avant de nous guider.

Nous accostons à port Saïd et réglons le nécessaire de papiers. Les amarres sont fixées dans la douleur et nous allons rester ici quelques jours.

J'les aime bien ces escrocs du port. Le moindre clin d'œil est payant d'un pourboire. Que le jeu commence...

Si je dois quitter mon beau pays un jour, c'est pour m'installer à Fès, au Maroc. Je retrouve certains côtés ici que j'affectionne particulièrement. Les appels à la prière me bercent et me renvoient à une spiritualité perdue. Je serais en Inde, en Chine ou en forêt amazonienne, je dirais sûrement la même chose. Il m'a longtemps été terrifiant de penser que je n'étais qu'un aggloméra d'atomes qui tentent de survivre. Le minaret annonce l'unité spirituelle qui prend forme cinq fois par jour, au gré des astres. Si je pouvais partager cette unité avec toutes les spiritualités de ce monde, ma quête serait résolue. Aucun dogme, seulement un partage de la conscience par le biais de l'amour. Les dogmes attisent l'intolérance des autres esprits, je suis contre.

En revanche, m'intéresse le religieux dont les yeux reflètent l'univers ; celui dont la voix caresse le silence ; celui dont le partage s'ouvre à la discrétion et l'humilité flirte avec son coeur. Quelle que soit sa religion, c'est ce type de personne que je recherche pour bavarder et partager.

Tonton refait une petite beauté à l'étalon, le vidange, le nettoie et part dormir...

VINGTIÈME JOUR : PORT-SAÏD

J'aime ça... Ce côté qu'on dit pauvre du monde attise ma jalousie. Je n'en fais pas partie et pourtant, j'y sens ma place. Loin des codes sociaux imposés au nom de la modernité, ici, c'est la fraternité qui prime. J'admire comme une œuvre d'art ces voitures aux roues crevées, ce micro-ondes défenestré, ce sable sur cette parcelle de gazon, ces cris d'enfants qui jouent au milieu des klaxons, ces taxis pressés d'attendre, ces barbus buvant un café tiède, ces distributeurs en panne à la chaine et ce canal au beau milieu. Cela faisait presque un an qu'on ne m'avait pas tenu le bras pour m'indiquer un chemin, cette sensation me manquait. Je me sens plus proche de ces codes que de ceux de mon beau pays. Arrêtons de repeindre chaque année l'estrade de Matignon si nous ne nous serrons pas dans les bras pour nous dire bonjour. Sérieusement... Boire dans la même tasse à six et tremper nos doigts dans le même plat de semoule, ça, ça me plaît. La fraternité dans la convivialité, j'adopte. Et ne me parle pas de manque d'hygiène, toi qui achètes ton pain en sortant de la ligne 13, les doigts encore englués de la bave des portiques du wagon. Je me repayse ici.

Juillet 2012, Perpignan

Je regarde les jeux olympiques dans un bar, une pression au comptoir et un t-shirt avec écrit Clichy-Casablanca dans le dos. Un jeune homme, Chakib casse son jeûne du ramadan et prend un café à mes côtés.

- Salut, tu viens du Maroc ?

- Non, j'y vais à vélo.

- Vraiment ? C'est formidable. Si tu passes par Fès, j'ai un oncle qui pourrait t'y accueillir. Prends son numéro, il s'appelle Khalid.

Je prends le numéro, deux mois plus tard, j'arrive à Casablanca chez la famille de Youssef. Je reste quelques jours puis pars à Meknes, puis à Fès, en train.

Sur le parvis de la gare, une cabine téléphonique est érigée au milieu de la foule, j'appelle :

- Allo? Khalid ?

- He, chkoun al tiliphon ? (*Qui est au téléphone?*) Me répond une voix grave.

- Tom, le français avec le vélo.

- Chkoun ?? Simohamed ?

- Non, le françaouis, gaouli, gouer', avec le vélo, picãla.

- T'y où ?

- A la gare de Fès.

- J'arrive.

Un homme brun, musclé sec, avec une petite moustache à la Eddie Murphy débarque sur la place sept minutes plus tard. Il tourne autour de la foule en appelant tout fort :

- Tomer ? Tomer ?

Je lève ma main, le temps de la baisser, je suis englouti sous une accolade familiale.

- Comment ça va mon frère' ? me demande-t-il.

- Ca va, hamdoullah, le train n'est pas trop fatiguant...

Nous prenons un taxi jusqu'au Hay Amrani. Nous arrivons au niveau de son atelier de travail. Il lève un morceau de ferraille pour décoincer la porte et j'entre dans ce petit lieu, modeste. Khalid est soudeur. Il est en train de souder une étagère pour le bar du quartier. Il souffle sur une moitié de canapé et me dit :

- Dors un peu, beaucoup de fatigue, le train, etexétérah...

Ma sieste est courte. Le personnage semble vraiment sympathique. Une petite heure plus tard, il conclut :

- Fini pour aujourd'hui, viens avec moi.

Nous contournons l'atelier, empruntons une porte, montons deux étages et nous voilà chez lui. Il me présente ses deux filles, sa femme et m'installe dans le salon.

- Met' toi à l'aise comme sur' un zodiac ! S'exclame-t-il.

Sa phrase me faire rire. Il s'assied à ma droite, sa femme apporte du thé, des olives, du pain, de l'huile, de la confiture et nous voilà réunis autour de cette petite table, dans ce petit appartement, avec une petite télé allumée.

« - Mangeeeee », me dit Asma, la petite de onze ans.

Je m'exécute.

Je sens une main sur mon épaule, c'est Khalid qui sourit de pleines dents sous sa moustache. Il me demande en chuchotant :

- Maiiiiiis, t'es qui ?? »

Je ne sais pas quoi répondre pendant les cinq premières secondes. Ma bouche s'ouvre, se ferme, je souris, je regarde la famille souriante elle aussi :

- Un ami de Chakib, ton neveu, enfin, je crois ?

- Chakib ther la France ? Mon couzin ?

- Oui, il t'a prévenu de mon arrivée, non ?

- Non, Wallah. Non. Mais c'y pas grave ! Si t'y es l'ami d'mon couzin, t'y chez toi ici !

Chakib avait prévenu Saïd, le frère de Khalid de mon arrivée. Ce dernier n'avait pas fait la commission. Je suis resté une semaine chez lui, au bout du deuxième jour, il m'a annoncé :

- J't'aime bien mon frère, si t'y veux connaître Fès bien, t'y dois rester deux mois chez moi.

Khalid n'est pas un cas isolé au Maroc. Même si pour moi, il m'est exceptionnel grâce à notre histoire, il reste le fruit mûr d'une culture de l'accueil.

Mon stylo a de quoi saigner d'écrits quant au voyage vécu l'an dernier. Je mets en parallèle cette histoire car je ressens la même chose ici, en Égypte.

Tonton installe un deuxième GPS qui fait sondeur en même temps. Il lave l'étalon et nettoie sa garde robe. Nous partons demain 9h, traverser le canal de Suez. Bonne nuit.

« *LES MATERNELLES* »

    Chers aventuriers, vous voulez des histoires avec des dauphins, des poissons avec une tête de scie, des choses bizarres de la mer, des petits oiseaux qui font leur nid dans le beau bateau ? Alors je vous raconte tout !

L'histoire débute à Antibes, une ville située au sud est de la France. Il y a deux semaines nous sommes partis avec Tonton à bord d'un bateau nommé le Vilmy 2. Tonton n'est pas mon oncle, c'est un surnom que les gens lui donnent, il s'appelle Yannick. A la sortie du port, il y avait des grandes vagues qui mesuraient au moins votre taille. Elles éclaboussaient le Vilmy 2 et nous étions secoués sur le bateau. Le bateau est un bateau à voiles. C'est le vent qui, en soufflant, fait avancer le voilier. Plus le vent souffle fort, plus le voilier avance vite, il peut aller très vite.

Souvent, je compare le bateau à un cheval de course tellement il est rapide. Au cours de la traversée, nous sommes passés près de la Corse, une grande ile française, puis à côté de l'Italie, puis Malte, ensuite en Crête et nous sommes arrivés en Égypte.

Sur le trajet, des dauphins nous ont suivis et nous avons même fait une vidéo. Les dauphins sont très gentils, ils sont grands comme la maîtresse les bras levés et font des sauts dans l'eau. Quand ils s'approchent du bateau, nous les applaudissons et ils sautent encore plus haut et plus loin.

Un jour, alors qu'il y avait des grosses vagues, un calamar est tombé sur le ponton. Il était grand comme le pied de la maîtresse, avait une grosse tête et des petits tentacules. C'est bizarre à toucher, ça glisse entre les mains et ça ne sent pas très bon. Un autre jour, nous avons pêché un poisson avec un nez en forme de scie, c'était un espadon. Il pesait aussi lourd que le sac à main de la maîtresse. Nous l'avons mangé cuit avec du riz.

Un petit oiseau nous suit depuis quelques jours et nous l'entendons chaque matin préparer son nid. Il est tout petit comme le poing de la maîtresse. Il est lui aussi très gentil sauf quand il vient me picorer le coude pendant ma sieste. Nous lui donnons le meilleur pain que nous avons et sifflons comme lui pour essayer de communiquer. Alors il répond, puis il part et revient plus tard dans la soirée.

Le soir, le soleil se couche à l'ouest et la lune peut enfin se lever. Dans le ciel, il y a autant d'étoiles que la maîtresse a de cheveux. Ces étoiles forment parfois de drôles de personnages et des animaux. On appelle ça des constellations.

Fermez les yeux, il fait tout noir, des étoiles apparaissent. Il y en a quelques-unes qui forment un Lion, une Baleine, un

Scorpion, un Poisson, un Lézard, une Balance, un Taureau, un Grand Chien, un Bélier, un Grand Ours...

Tous les soirs, je joue avec le ciel en m'imaginant des histoires fantastiques.

J'imagine le Taureau coursé par le Lion. Le chasseur Orion chasser le Lièvre qui est juste à ses pieds. La Grande Ours pêcher le Poisson de l'autre côté du ciel. Andromède et Persée se lancer des étoiles filantes. Le Grand Chien mordre la Baleine... Hier, j'ai vu sept étoiles filantes, en seulement le temps d'une chanson.

Seule une étoile ne bouge pas, c'est l'étoile polaire qui indique le nord. Elle est reconnaissable car elle est sous les yeux de Cassiopée et elle forme la queue de la Petite Ours. Un soir, dans la constellation du Gémeaux, j'ai même vu Jupiter, une planète comme la Terre remplie de gaz et encore plus loin du Soleil. Elle brillait très fort...

Mon étoile préférée ? C'est *Alnath*, elle relie le Taureau et le Cocher ; elle m'accompagne chaque soir depuis bien longtemps.

Voilà pour notre petit voyage.

L'aventure continue et nous avons encore beaucoup de chemin à parcourir avant de rejoindre la Thaïlande.

Souhaitez-nous « Bons vents » et je vous dis à très bientôt.

VINGT-ET-UNIEME JOUR : PORT SAÏD

Le bateau a été secoué toute la nuit. Tonton n'a dormi que d'un œil et moi de l'autre. Il est 11h quand un pilote arrive pour débuter la traversée du canal de Suez. Nous larguons les amarres, Vilmy est enfin libre. Huit minutes plus tard; après avoir parcouru un demi-mile, nous entreprenons un demi-tour. L'armée bloque le filet d'eau rejoignant la méditerranée et la mer rouge. Nous devrons partir demain finalement. Un des « marins » ose quand même nous demander un pourboire pour ce demi-tour remarquable qu'a effectué son ami. Notre visa expire, il nous est interdit de quitter le bateau, la journée débute bien, très bien! Personne ne viendra nous demander d'argent, de bières ni de cigarettes. Tonton leur joue si bien la comédie que parfois, vraiment, j'ai envie de lui glisser une pièce dans la poche...

VINGT-DEUXIEME JOUR : CANAL DE SUEZ

Il est à l'heure. C'est une première en Égypte, il est à l'heure. J'aurais pourtant bien dormi quelques soixantaines de minutes en plus, mais comme il est à l'heure...

Le chauffeur est à l'heure ! Il avait dit 5h et il est 5 h 20. Vingt minutes ici, c'est le temps de s'embrasser, de remplir son réservoir d'essence, d'une séance de cinéma, d'un round de boxe, d'un sourire, d'une hospitalisation, de prendre une photo, de gratter son paillasson, d'un épisode d'« Aicha la confiture », de deux épisodes ou même trois de suite, peut être... Ces vingt minutes qui m'auraient agacé d'ordinaire, je les accepte à bras ouverts. La fausse joie d'hier fleurit maintenant, sous cette lune éteinte et ce soleil en préchauffage. Nous partons pour le canal de Suez. Je suis fatigué, Tonton est vraiment soulagé de partir.

Rester à quai sous une pluie de moustiques, une chaleur de salle d'attente et un Vilmy frôlant le quai avec ses côtes lorsqu'un cargo engendre sa houle est bien pire que de roupiller sous des vagues de cinq mètres.

Nous quittons Port-Saïd.

Sur la voie d'Ismaïlia, notre prochaine étape avant Suez, le décor change. Il rétrécit et laisse libre un léger fil de flotte broder ses lèvres poudrées. Ce sable jaune farde un pays endolori, un pays sous pression où la présence militaire est un rappel de mascara noir gothique sur un visage de douceur. Tous les cinq cents mètres, un soldat est dressé comme un cactus sur la pointe des granules. Ils doivent avoir terriblement chaud, chaud à boire ces rayons de soleil. Honnêtement, je préférerais être prisonnier qu'être posté comme ce garde, quoique...

Des pêcheurs alignent leurs mètres de filets, Tonton les salue tous, un par un. L'atmosphère se durcit sous ces yeux multiples que cachent les casquettes kaki. Ce n'est pas un pays en paix, du tout. Vieille Dame égyptienne, vous qui êtes venue comme éclaireuse de nos cultures, pourquoi cette allure triste désormais ? Des hommes vous battent ? Oui, des hommes vous battent... Ce canal, une excision tardive d'une haute Dame par un chirurgien architecte, jeune, très jeune même, d'une époque contemporaine. Ce bourreau vous a marquée à vie et ces hommes vous empruntent...

Je vous vois souffrir, Vieille Dame d'Histoire, résidente maltraitée, petite mamie rejetée de sa famille dont ne reste plus que la richesse du sol. Mais vous rayonnez toujours, comme un livre oublié, votre parfum respire vos écrits, votre mémoire, votre sagesse. J'emprunte cette même voie en toute délicatesse et vous écoute. Je vous traverse pour voyager et raconter. Regardez le blanc au centre de nos drapeaux, sans violence, je vous le promets, aucune violence dans cette aventure...

Nous arrivons à Ismaïlia. La marina est nettement plus sympathique et Vilmy peut s'étendre sans se blesser. Il rigole, il a gagné une course contre un pur sang arabe.

Je prends une douche, Tonton lit le récit depuis *la Crête*. Il est mon premier fan, se marre tout seul et flatte mes écrits avec l'éloquence d'un vrai gars du sud. Ca me touche, vraiment.

J'écris sur ce bout de banquette avant de prendre mon quart, derrière cette barre la nuit tombée, sous la modeste échelle conduisant au cockpit, fatigué ou en pleine forme, qu'il vente ou sous pétole. J'écris chaque jour, dans l'authenticité d'un témoignage d'un grand voyage, dans l'amour du partage, entre sourires et déceptions, entre la vie et la mort, dans le sens des marées, face aux vents et aux horizons, proche des terres et loin des miens, sous ce ciel et mes étoiles. Je gratte avec l'espoir d'être lu, compris. J'aspire à un monde d'ouverture, à un esprit français ; liberté, égalité, fraternité, ferrées sur mon aorte. Dans l'accueil de mon prochain et la compassion des aînés est ma France, pas dans son nouveau visage perdu dans les finances et la méfiance. J'écris car je garde espoir, parce que je vais être tonton et qu'une nouvelle jeunesse nait, il m'est un devoir de laisser une trace. J'écris pour ma famille, mes amis, mes inconnus et leurs proches, mes philosophes et mes potes en prison, mes illettrés et les savants, mes voyageurs et mes paresseux, ma diversité et contre les exclusions, mes pauvres et mes modestes, mon ancien collège et mon nouvel hôpital, mes maternelles et mes patients de gériatrie, mes connaissances et ceux que je n'apprécie pas, ma rue et ma Seine. J'écris pour vous, pour moi et pour le reste qui veut bien lire. A toi mon professeur de philosophie de terminale, tu as repéré ma volonté d'être et je te remercie de m'avoir offert ton enseignement. A tous ceux qui nous soutiennent, par la pensée et par les encouragements, notre courage puise sa force dans votre regard, votre émerveillement. J'écris pour vous, merci encore.

J'écris pour toi, papa, les récits traversent l'éternité quand la plume se trempe dans la Lumière. Aucune vie, aucune mort, juste une floraison, la chrysalide de ton amour, ta petite graine, ton fils, ton sang, ton cœur, mon cœur, mon sang, mon père, mon arbre.

VINGT-TROISIEME JOUR : CANAL DE SUEZ

Tonton et moi sommes pressés de poursuivre notre quête. Même ce moteur me manque. Bientôt cinq jours de repos. Je veux de la navigation, des étoiles, un vent latéral de onze noeuds, des vagues de deux mètres et un génois gonflé comme une joue de montagnard bolivien mastiquant sa coca.

Un chauffeur arrive, il s'appelle Hassan. C'est ce bon Monsieur qui va réconcilier Tonton avec les égyptiens, enfin, avec Un égyptien. Tonton, c'est la Thaïlande, pas l'Égypte. Il me parle chaque jour de sa petite ile de Koh Phayam, de ses habitants au coeur sans frontière et de sa place au sein de leur société. Il rêve d'apprendre la navigation aux enfants de l'ile sur le prestigieux, l'aventureux Vilmy.

Hassan, c'est lui que j'attendais...

Nous devons payer la marina mais n'avons que des euros et des dollars. Une affaire d'état s'organise, aucune solution n'est envisageable. Un troisième homme se mêle à la discussion, c'est notre chauffeur, c'est Hassan. Il règle la dette without chelnef' *(sans chichis)* et nous le rembourserons à l'arrivée. Il ne parle pas un mot anglais et rigole sans arrêt. Il est petit de taille et plutôt grand de largeur. Ses dents sont d'une blancheur exceptionnelle à bâbord de la mâchoire; à tribord, il n'en a plus une seule. Ses yeux nous hypnotiseraient sous ses reflets gris naviguant dans un océan de cristallin. Je l'aime bien, surtout quand il imite Zidane et ses amorties de poitrine du haut de ses cinquante-quatre ans. Tonton est son meilleur ami, quelques photos montrées sur son téléphone suffisent à notre chauffeur pour s'étouffer en s'esclaffant. Je me cache dans les entrailles de Vilmy pour écrire et déclarer forfait face au soleil.

Notre étalon est tout calme d'ailleurs, le voilà penaud et silencieux depuis quelques heures.

« Hé, Vilmy, relève la tête mon grand ! Tu jouais encore hier, que se passe-t-il ? » Pauvre cheval... Je sors et comprends vite pourquoi il est dans cet état. Sur toute la largeur du canal sont dressées des mitraillettes avec des hommes derrière, certaines sont en joue, c'est une situation particulière. Un hélicoptère frétille, seul son bruit s'écrase sur nos tympans. Hassan a arrêté de rire. Il parle tout bas, fait des petits gestes pour nous expliquer. Les seuls mots compréhensibles sont Hamas et Morsi, le reste est traduit de ses mains.

- Vilmy, personne ne te fera du mal, lève la tête mon beau...

Il ne peut pas, exécute les ordres motorisés et avance, comme ce cheval de calèche avec ce bandeau de pirate autour de l'oeil à qui on demande d'aller tout droit, sans broncher. Vilmy n'a jamais eu accès aux médias. Entre les courses d'hippocampes et les soirées au port d'Antibes, cette violence, ce monde incompréhensible, il ne le connait pas. Pourtant, il existe.

Nous traversons un lieu stratégique de la « confrérie des puissants perdus ». Vilmy est un émotif parce qu'on rêve en son cœur. Ami cardiologue, Tonton dort sur la banquette tricuspide, moi, sur la mitrale.

Décrire un voilier tel un bel étalon est pathologique ? D'accord, je l'avoue, vraiment. Il m'arrive souvent de tapoter sur le teck proche du réservoir et de dire « C'est bien mon cheval ! Continue beau gosse... »

Maintenant, il reste une place sur le bateau, que vienne celui qui le désire. Je parie qu'avant la fin de l'aventure, cette personne courageuse miaulera pendant son quart et donnera des croquettes au voilier en espérant qu'on ne la surprenne pas.

- Pas vrai mon dada ?

- Huuuuuuuu.

Voilà.

Nous arrivons à Suez. Karkar nous attend. De la musique nous accueille à une centaine de mètres de notre emplacement. Des danses, des cris, la fête, la vie givre ce ciel de chaleur. L'instant s'arrête, seule la joie s'étend à quelques pas de nous. Nous n'irons pas car notre visa n'est plus valable. L'amarrage est délicat, les négociations n'en finissent pas. Remplir deux-cents litres de gasoil dans des containers nous épuise, vivement demain, le grand départ, celui pour la Mer Rouge. L'attente fut longue mais je m'attendais à pire. Nous quitterons ce canal en direction de la Somalie à 8h.

La vie est une musique, y fleurissent les partitions,
Le divin un chef d'orchestre, j'y accorde mon seul violon,

Sous le souffle des violences que brasse l'air de certaines flûtes,
M'apaisent ses notes braisées, une présence parmi la lutte,

,

Je prends part à la mélodie, dans un parallèle audible,
Sur un Do Fa Sol La Si, j'expose mon dos face au soleil,

Tournés vers l'infini, mes yeux de ciel concentrent son antre,
Je m'ouvre à l'extatique, gronde les notes franches de mon ventre,

Au-delà des livres, au-delà des lèvres,
Au dedans se délivre, le LA de la lumière,

La musique bat son plein, la corde vibre ce jour,
Le corps de tout un chœur s'accorde, accorde l'unique amour,

Au-delà des rives, au-delà des rêves,
Au-delà, je dérive, vers l'ode de la rivière,

L'œuvre au centre de nous, contemple ses fils aimés,
La musique éclaire les ombres, ombres d'Hommes désirés.

VINGT-QUATRIEME JOUR : SUEZ BAY

Je ne m'en mettrai jamais plein le nez, j'en ai déjà plein les yeux. Six jours que je ne me suis pas camé. Tonton est en manque aussi. On sait où elle se trouve, on part la chercher.

Ce plaisir, cette montée qui ne cesse de croître, ces synapses qui s'affolent et ce système respiratoire qui s'étend, s'étend, s'étend... Le calme avant le repos, le monologue avant le silence, la mydriase après le premier regard puis l'extinction du passé. Nous oublions les moments durs et profitons de l'instant, de la reprise. Nul besoin de pipe pour jouir de cette drogue, juste la conscience, l'ouverture à l'un. De la poudre de stratus aux couleurs épicées coupe ce joyau interdit de nos jours, réservé à quelques esprits demandeurs, la contemplation. Rester un, subir la vibration de l'émerveillement puis se reposer en son berceau. La tête levée, je me demande à chaque fois si ce ciel est le plus beau ciel de ma vie. Le premier restera celui du Surinam, au zénith d'Albina. Étendu au plafond, il présentait une palette de couleurs si sublime qu'un arc-en-ciel en pleura de jalousie. Si l'on me trouve une réponse censée, je rejoindrais volontiers les groupes d'experts qui infestent notre terre. J'aimerais qu'on me dise simplement pourquoi je trouve ça beau ? Ne me répondez pas par un tas de chiffres, vous allez me perdre et vous perdre par la même occasion. J'ai toujours préféré les contes aux comptes. Mais les contes ne me suffisent plus, ma crise d'adolescence vient de se terminer. Pourquoi lorsque Tonton ou moi regardons ces couchers de soleil, l'accueil de la beauté nous submerge et la paix s'engouffre dans nos cœurs? Le résultat peut sembler identique mais le calcul est différent. Ainsi, je n'attends pas de réponse de ceux qui haïssent la haine, j'attends celle de ceux qui aiment l'amour.

Je voyage à la recherche de cette réponse. Énigme évidente qui parait de plus en plus compliquée et qui pourtant devrait se résoudre dans la simplicité. Certains y ont-ils déjà répondu ? De part son expérience et sa prédisposition, chacun pourra m'indiquer une voie, voire plusieurs. Lorsque ces voies se rencontrent, le choc est souvent trop brutal, alors je préfère élever ma route, parallèle aux chemins les moins sinueux. Le mieux, c'est d'accepter plusieurs départementales de sagesse, je me méfie des autoroutes. Notre monde est loin de cette question, il préfère mesurer l'infini plutôt que d'en vivre sa beauté. Monde enfant, la mesure risque d'être longue et épuisante, admire donc ce qui t'entoure. Le résultat ne s'affichera jamais, tu ne le savais pas ?

Assieds-toi, on va lever la tête ensemble et reprendre notre souffle. Ne bouge pas, je vais offrir des interrogations puis je reviens, promis, repose toi...

Très chers savants et philosophes modernes, vous avez une connaissance énorme, pouvez vous me donner un espoir de vous comprendre ? Si vous n'y arrivez pas, oserez vous mettre un soupçon de doute sur vos acquis ? Douter, ce n'est pas se résigner, c'est comprendre les limites de sa raison et laisser une porte ouverte. Je ne possèderai jamais l'infini, l'éternel, vous non plus. En revanche, je suis en lui, vous aussi, chers frères. La philosophie des lumières de basse consommation n'éclaire que les traumatismes d'un univers sans beauté. Et vous très chers croyants, amis de la dispersion au nom de l'unique, quand serez vous rassembleur au nom de l'amour ? Autant de croyances que d'égos et de pouvoirs, où sont les prêcheurs humbles dénués de fantasmes ?

A l'heure des grands discours qui flattent les catastrophes, l'heure où les guerres respirent les âmes, l'heure où l'humanité condamne sa luminosité dans l'excès de confort, l'heure où le pauvre est contraint de s'éclairer à l'ombre électrique, l'heure où pourrissent les terres ancestrales, l'heure où le malheur réjouit plus que le bonheur, l'heure où l'atome trouve division, l'heure de la perte de l'être au monde, nous admirons ce ciel avec Tonton et nous le trouvons beau.

VINGT-CINQUIEME JOUR : MER ROUGE

Les pêcheurs nous rasent, sûrement un jeu populaire à l'insu des voiliers. Les raffineries poussent comme des champignons congelés, les cargos monstrueux laissent des maquettes de tsunami derrière eux, des rochers ne sont pas balisés, la baie s'annonce dangereuse.

Évidemment, ce voyage est somptueux, mes écrits narrent une réalité formidable. Mais il existe aussi ce côté dur du périple. Ce côté jouant avec l'angoisse de l'imprévu où le moindre faux pas de l'étalon nous entraînerait vers des abîmes que seuls les poissons souhaitent côtoyer. Non, ce n'est pas facile tous les jours, parfois l'estomac se noue autour des reins et les intestins assurent des noeuds marins. Ce n'est pas une plainte, c'est un constat.

Il fait chaud, terriblement chaud. Une chaleur de bar d'Arizona, pas celle d'une nuit de noce. Le soleil ne tape pas, il mord. Même mon ombre transpire, elle a soif, d'eau, tempérée, avec juste un glaçon, tempéré lui aussi, s'il vous plaît.

Tonton installe une casquette pour notre confort, la visière masque le regard terrifiant du grand jaune.

La nuit approche vite, comme pour nous libérer de l'étouffement de l'équateur. J'écris, je sieste, je barre. Bonne nuit.

VINGT-SIXIEME JOUR : MER ROUGE

Cet entonnoir, ce piston qui nous propulse vers l'océan indien réserve des surprises. Il doit être encrassé, des bouteilles s'esquivent sous ce ring de pétrole. La pression des deux derniers jours pèse. Nous voulons avancer, juste avancer avec un petit vent, est ce possible ?

Une famille de dauphins éclot de cet œuf visqueux pour nous annoncer l'arrivée du vent. Ils mesurent le triple de taille que leurs cousins européens et s'offrent en spectacle sans demander de backchiche. Émerveillement, sourire jusqu'au ciel, nous les regardons jouer avec le voilier pendant plus d'un quart d'heure.

Nous ne croisons plus de bateaux depuis un long moment, la baignoire est remplie et les bouchons de liège circulent chacun leur tour. Seul un canard en plastique joue avec ses amis dauphins, c'est Vilmy.

VINGT-SEPTIEME JOUR : MER ROUGE

Le vent se lève petit à petit. La route est encore longue, très longue. Imaginez un Stockholm-Nice à sept kilomètres par heure, évidemment, sans emprunter l'autoroute et en traçant des perpendiculaires. C'est à peu près la distance Suez-Djibouti. Vous venez déjà de Moscou à cette allure et c'est la première fois que vous voyagez sur ce type de véhicule, le « chevadaire ». Après Nice, vous allez à Athènes puis à Istanbul. Il roule sans arrêt et vous êtes douze heures par jour derrière le guidon du carrosse.

Nous venons de parcourir trente miles en douze heures pour nous approcher des côtes saoudiennes. C'est notre record de lenteur. Heureusement, nous ne sommes pas pressés...

VINGT-HUITIEME JOUR : MER ROUGE

Le vent nous souffle dans le dos, les vagues nous poussent comme des encouragements de voisins pendant un marathon. Le départ de Vilmy n'était pas excellent mais le bourricot a une accélération exceptionnelle. Notre humeur est à la hauteur des exploits du dada.

Nous bavardons. Nul besoin d'être voyante pour lire le passé sur les mains de Tonton. La gauche est une caisse à outils, la droite un plan de travail. Les cicatrices sont des marques de fabrique « fabriqué par la rue ».

Nous sommes là, lui tient le cap et moi, je l'écoute. Son parcours a vécu plus d'hiver que de printemps. Peut être pour ça que ses yeux reflètent la glace quand il me parle de sa jeunesse. Bricoleur, maçon, électricien, chaudronnier, peintre, sûrement garagiste, monteur, démonteur de meubles et autres, soudeur, mais aussi moniteur de ski nautique pour Stéphanie de Monaco, garde du corps, maître nageur, professeur de karaté, chauffeur de maitre, pilote de bateau puissant et pêcheur sont quelques-uns de ses boulots effectués au cours de sa vie de marginal. Nous ne regardons pas de films, alors, j'écoute ses histoires, il écoute les miennes. Parfois elles sont marrantes, parfois beaucoup moins. En tout cas, ça fait vingt-huit jours que nous sommes en mer et j'ai toujours le droit à des blagues différentes...

VINGT-NEUVIEME JOUR : MER ROUGE

Il est 23h, la température extérieure est de trente degrés. La mer est calme, nous flottons sur un nuage de sel. Le chuchotement du nord susurre au beau poulain des murmures de dentelle. L'étalon est séduit. C'est une croisière passionnelle qu'amorce l'italien. Nous avançons à une allure de deux à trois miles à l'heure. Cette brise l'aguiche. Ses lèvres pulpeuses au creux du génois calment l'ardeur d'un cheval épuisé d'excitation. Les baisers deviennent de plus en plus torrides. Je n'espère qu'une chose, que Vilmy conclue.

« Montre-lui comment ça se passe mon dada ! Je fermerai les yeux, mais je t'en supplie, accélère... »

La sirène ne se vêtira pas de mistral ce soir. Je tiens la chandelle et la barre en attendant que les corps s'échangent. C'est terrible, la marée est contre nous et le vent faible. Le bateau est secoué dans tous les sens, rien à faire. Je tire un bord au bout de deux heures mais aggrave la situation. Je m'irrite, soupir, je vais réveiller Tonton à ce rythme-là. Chose faite, il est à peine une heure du matin et le voilà en tenue de combat, torse nu:

- Il se passe quoi Tom ? On est en guerre ??

- J'pète un câble Tonton...

Nous tentons à deux de rétablir un cap moins secoué, il nous entraînera complètement vers l'est, mais sans bruit. C'est la pire des nuits depuis ma marche arrière. Je tire une conclusion, Vilmy est amoureux, fou amoureux.

TRENTE-ET-UNIEME JOUR : MER ROUGE

Délivrance, nouveau souffle, seconde vie, choisissez le titre de cette page. C'est, depuis le début du voyage, mon meilleur jour. Numéro un, un soulagement aussi, mon cerveau est trop petit pour exprimer la bénédiction de ce moment. Sortez les drapeaux, jour de fête ; cher Jacques : Mathilde est revenue ; Juliette : Roméo est dans ta chambre ; Bambi : maman te faisait une farce ; Mickael Jackson prépare « Dangerous 2 »; Mandela joue au tennis, Zidane réintègre l'équipe de France, Copé déménage au Gabon, Brigitte Bardot perd ses rides, Coluche est président. Tout ça à la fois. Pourquoi ? Pour un détail qui nous change l'aventure...

Nous avons un vent arrière depuis la sortie du canal de Suez. Le bateau ne répond que très peu à nos manœuvres et nous tirons des bords régulièrement pour profiter du meilleur vent possible. Il nous arrive de regarder la trace laissée sur le GPS et déprimer. Aujourd'hui, après sept jours d'une navigation agaçante, nous venons de trouver la solution. Ce foc, ce génois, cette voile de devant n'était tout simplement pas assez gonflée. Il suffit de tendre le bout' opposé légèrement et la voile prend de l'ampleur. Oui, nous sommes des amateurs avec Tonton et apprenons tous les jours. C'est tout simplement la moitié de temps de gagné, moins de pression et surtout, l'arrêt du moteur. C'est comme si depuis Malte, nous jouons au tennis sans connaitre le revers, nous roulons sur l'autoroute en deuxième, nous coupons la viande avec une cuillère et nous téléphonons avec le haut parleur dans le mauvais sens. Tout cela est possible mais très inconfortable. Nous venons de parcourir près de deux mille miles sans cette information primaire. Désormais, la vitesse a augmenté de soixante-dix pour cent, la direction est la bonne et c'est un nouveau départ qui s'annonce. Ça fait bientôt cinq heures que mes dents bronzent, Tonton est moins expressif mais son coeur n'en dit pas moins. Je me sens de plus en plus en confiance sur ce merveilleux voilier. Tonton a mis en route l'ancien GPS que des professionnels trouvaient obsolète. Il nous indique les profondeurs, détecte les poissons, servirait de secours si le premier tombait en panne et est plus esthétique. Le problème de batteries et d'alternateur est résolu. Le moteur consomme environ un litre de gasoil à l'heure, nous avons deux-cent-cinquante litres derrière la barre, soit dix jours de navigation en cas de problèmes... Hamdoullah. (Nous sommes en face de la Mecque).

Ce soir, c'est festin à la tontonaise. Viandes, champignons, cacahuètes, lait de coco, curry thaïlandais sont mijotés sous ses mains. L'humeur est à son apogée.

Nous y croyons, de plus en plus. Je tiens à rassurer nos familles et amis. Oui, ce n'est pas facile à chaque instant, mais quand une bonne nouvelle nous arrive enfin, tout l'espoir d'aller au bout rayonne dans le cockpit.

- Tonton, ils vont nous prendre pour des fous.

- Tom, on est fous...

« HISTOIRE : ECHEC ET MATHS »

La récréation est finie. Il est dix heures trente-cinq lorsque ce lundi matin, la classe de sixième E entre en cours de mathématiques. Nous sommes en octobre, l'année scolaire a débuté il y a à peine un mois et demi. Mon cartable est sur la table, je sors un grand cahier à petits carreaux, mon stylo plume violet, un crayon HB et son taille-crayon en forme de planisphère. Au moment de m'asseoir, un camarade tire ma chaise et je me retrouve le coccyx embrassant le sol. Il rigole plus que moi.

- Tom, donne-moi ton carnet de correspondance, ordonne une voix de fumeur de cigarettes légères avec un accent du sud ouest.

- Pourquoi monsieur ?! C'n'est pas moi, C'est Shérif ! réplique ma voix prépubère en balançant mon voisin de derrière.

- Donne-moi ton carnet de correspondance et arrête de faire le clown.

- Monsieur, ce n'est pas moi, je suis tombé, juste tombé...

- Dépêche toi, tu as déjà une heure de colle et je vais bientôt passer à deux.

Je suis de nature sage, pas colérique pour un sous, assez discret et obéissant. Il vient d'appuyer sur le mauvais interrupteur. Il y a un court-circuit. Je sors mon carnet, tous mes collègues se taisent depuis trois longues minutes. J'avance à petit pas vers le bureau. Je n'ai qu'un souhait, que cette planète explose avec en première classe, ce professeur. Je pose le carnet proche de sa sacoche en bandoulière et le supplie une dernière fois.

-Monsieur, je vous jure que ce n'est pas moi, pas de mot s'il vous plaît…

Il prend son stylo et commence à gratter sur la page seize de ce cahier vert qui en comprend quarante-deux. Aucun retour possible, c'est gravé par sa main imbibée d'une erreur, terrible erreur. Mes nerfs laissent apparaître une veine jusqu'alors invisible au creux de mon front, je chuchote:

- Mettez-moi deux heures de colle, vous allez le regretter...

Chose faite avec un paragraphe supplémentaire parlant de menace.

Je retourne m'asseoir, mes yeux pleurent de rage, mes dents s'aiguisent les unes contre les autres, je suis prêt à tout pour qu'il paye son injustice. Ma vie prend un nouveau tournant, ce professeur vient d'ouvrir la cage d'un petit oisillon jusqu'alors domestiqué. Il est spécialiste en problèmes ? Aucune solution n'est envisageable, la guerre est imminente.

Les mots se collectionnent comme des post-it, un carnet, deux carnets, bientôt trois usés sous la griffure de tout le corps enseignant, ses amis, ses complices, ces traîtres qui bossent avec lui.

- Maman, j'peux signer les mots de Tom ? La grande sœur, sous-lieutenant de la baraque obtient le statut de scribe officiel.

Je prépare avec Mehdi des punitions à l'avance. Ces lignes qu'on doit recopier cinquante ou cent fois. Certaines copies sont vendues dix francs aux copains. Je passe mon temps à écrire ces mêmes phrases comme une machine névrosée, ne suis aucun cours. Je rumine, sans cesse, pendant des heures, des jours, des mois. Il a peut être oublié si ça se trouve ? Moi pas, je n'oublie jamais rien, d'ailleurs. Je deviens insultant, suis exclu définitivement des cours d'éducation civique. Ma mère est convoquée par mon professeur principal, puis par la principale adjointe, puis par le principal « il y a un problème avec votre fils ». Je ne dis rien, rentre dans un mutisme et les laisse parler. Elle défend toujours ses enfants. Certes, elle espérait que le petit dernier soit plus sage... Premier trimestre : avertissement de conduite ; deuxième, troisième trimestre: blâme travail, blâme conduite.

Mai 1998, fin de la sixième, je vois une psychologue pour enfants. Elle est brune, cheveux frisés, maquillée seulement au niveau du pourtour de ses yeux vautrés derrière deux glaces fines.

« Pourquoi ? Raconte-moi tout...

- L'école est injuste, ce n'était pas moi et ils ne m'ont pas cru...

- Tu en as parlé à ton professeur principal ?

- Un peu, mais lui non ne plus me croit pas.

- Tu devrais lui écrire et tout lui raconter peut être ? »

Je ne l'aime pas cette bonne femme qui pense être ma copine, cependant, son conseil est bon.

Mon professeur principal est mon professeur de français. Le vendredi matin, après la récréation, nous passons deux heures de suite en salle 218. Il ne reste que deux semaines avant les grandes vacances. Je prends ce stylo plume violet, ma main gauche gribouille des pattes de mouche sur une grande feuille double pendant une heure. J'explique puis dessine une chaise tombée comme conclusion.

Le mardi suivant, à la fin de l'heure de français, il me demande de rester quelques minutes.

- Quant à l'histoire du début d'année, tu aurais dû m'en parler avant.

- J'en ai parlé monsieur, sur la copie.

- Au bout d'un an...

Une semaine plus tard, j'apprends mon redoublement, mon amoureuse m'offre un pistolet à billes. Le professeur de mathématiques est en arrêt maladie, je ne l'ai jamais revu. Des bruits circulent comme quoi il est rentré à Toulouse, en dépression.

Les vacances défilent.

Le cycle suivant démarre.

- Tom Devictor ?

- Présent.

Elle me sourit, ma nouvelle prof de maths.

Je finis ma seconde sixième avec 15 de moyenne générale et les compliments. « Son redoublement lui a été bénéfique » Sûrement pas, j'ai gâché une année pour une histoire à tomber par terre et ai saboté le travail d'un paquet d'enseignants.

J'espère aujourd'hui le meilleur pour cet homme, mais je ne m'excuse pas. J'étais gosse, pourtant capable de prendre beaucoup de choses sur moi-même, sauf le poids de l'injustice.

Cependant, merci à ces professeurs dont la vocation est honorable. Ce n'est pas un travail facile et l'enjeu est immense. Ils forment l'avenir, arrosent cette terre qu'est la jeunesse, pour le meilleur et parfois pour le pire.

L'éducation semble être le remède d'une société malade. L'enseignement, l'apprentissage des valeurs justes et paisibles ouvrent de grandes portes. Aujourd'hui, les matières d'ouverture s'éteignent au profit du profit. Je reste partisan de cours de découverte du monde, de plus de sorties en forêts et de moins de mathématiques.

A vous, mes chers professeurs de 6emeE.

Ce goût amer contre l'injustice ne m'a jamais quitté. L'oisillon n'est jamais ressorti de sa cage. C'est un oiseau désormais.

TRENTE-DEUXIEME JOUR : MER ROUGE

C'est un véritable squat ici. On fait preuve de sympathie et voilà que messieurs dames prennent leurs aises. Trois oiseaux s'installent confortablement sur l'arrière train de Vilmy. Ils discutent, chantonnent, rient, on les dérangerait presque avec Tonton. Les dauphins aussi participent à l'orgie. Ils nous saluent tous les jours depuis quelques temps, matins et soirs.

J'écris avec cette pie à quarante centimètres de mon épaule gauche. Elle cherche quoi ? Corriger « mes fote » ? Figurer en première page ? A chaque fois qu'elle me regarde, j'ai l'impression de passer pour un imbécile. Tonton a toujours la même intensité de voix quand un animal surgit du ciel, il pousse un La. C'est *Robocop* dans un *Disney*...

Le vent est latéral depuis ce matin. Il s'annonce violent et de face à partir de demain. Nous nous reposons avant la tempête.

Des nuages nous cachent des astres, mon petit bain d'étoiles est remis à demain.

L'oiseau n'a pas bougé depuis plus de quatre heures. Ses deux comparses ont fui à l'avant du bateau. Ils préparent un coup...

TRENTE-TROISIEME JOUR : MER ROUGE

    Nous n'allons plus à Djibouti... Notre prochain arrêt sera au Yémen. La Somalie est plutôt dangereuse et son port principal nous détourne de notre chemin.

C'est très calme ici, pour le moment. Une dizaine de dauphins ouvrent la route du vent, la nuit annonce une suite mouvementée...

TRENTE-QUATRIEME JOUR : MER ROUGE

    Il fait une chaleur intenable dans le bateau. Les secousses me réveillent. Tonton est à la barre, la traversée prend en difficultés...

Pas le temps d'écrire, désolé.

TRENTE-CINQUIEME JOUR : MER ROUGE

Des uppercuts, des torgnoles, des coups dans le foie, voilà à peu près ce que nous prenons depuis neuf heures ce matin. La mer est agitée, déchainée. Nous arrivons sur la fin de la mer rouge, le courant est contraire, le vent complètement de face et les vagues sont des immeubles. Nous nous dirigeons vers la petite porte de sortie qui donne sur le golfe d'Aden, à très faible allure.

TRENTE-SIXIEME JOUR : MER ROUGE

Nous n'avançons pas, ou que très peu. Nous nous arrêterons quand nous le pourrons au Yémen puis suivrons la côte jusqu'à l'embouchure de la mer. L'épreuve mentale, c'est en ce moment ! Des buildings de gouttes nous barrent la route. Il n'y a plus de poésie, ce que dégagent mes pensées? De l'acétone.

TRENTE-SEPTIEME JOUR : MER ROUGE

Déjà trois jours de lutte et quatre heures de repos en moyenne par journée.

L'enfer est proche, la mer bourreau nous soulève sur dix mètres de hauteur, parfois plus. Le vent est brutal, Vilmy souffre. Je laisse à Tonton un cadeau empoisonné à la sortie de mon quart, il est quatre heures vingt ce matin.

- Tommmmm !!!

D'un coup, il voit sa vie basculer. Penché à 90 degrés, le bateau est pratiquement couché. C'est son chez soi, sa maison, son histoire, c'est son Vilmy qu'il voit submerger. Il faut réagir, vite. Nous diminuons le génois, le vent souffle à trente noeuds, le sifflet des bastaques sonne le début d'un combat de boxe. Tonton est un guerrier, genre d'ami que tu appelles en renfort, l'assurance patates, mais là, il est sous le choc ; et c'est une première. Je reprends la barre, l'adrénaline couvre la fatigue.

- Il faut qu'on s'abrite... suggère Tonton.

- Tonton, j'n'ai jamais dit ça encore dans ma vie, mais, fais-moi confiance, on continue...

J'endosse la responsabilité de nous planter, ça peut être fatal ou pas.

Il a toujours les yeux dans les ténèbres qu'il vient de vivre. Ca le hante et le hantera longtemps.

- Je te fais confiance, petit père...

De par ces paroles, il vient de réveiller l'oisillon. Ça me touche, comme jamais dans ma vie ça ne l'avait fait. J'ai des frissons, une carapace d'acier escalade mon dos, je ne le lâcherai pas, impossible. On se tape dans la main.

- A la vie, à la mort.

- A la vie, p'tit père, tout court !

Les vagues mesurent une douzaine de mètres désormais. Nous n'avons jamais vu ça de notre vie. Avant l'ascension, la pointe du mât de Vilmy est pratiquement à la hauteur de la pointe des vagues ténébreuses. Lorsque le bateau grimpe, nous avons un point de vue extraordinaire sur notre destinée. L'eau est d'une luminosité argentée si intense qu'elle projette des reflets brillants magnifiques. C'est à couper le souffle tellement c'est splendide. Le bruit pourrait paraître effrayant mais couplé à cet instant divin, il le sublime. Que nous sommes petits ! Qu'est ce que c'est grand ! C'est extraordinaire.

J'ai pris la barre à 22h la veille, je lui rendrai à 18h aujourd'hui.

- Je te remplace, propose-t-il.

- Non. Je me sens bien.

Il sourit, enfin... « Il est fou ce gamin »

Je ne le sens pas bien et son « je te fais confiance » raisonne encore. Aujourd'hui, je suis en meilleure forme, demain, ce sera lui, c'est ça une équipe.

Le monstre de la mer tape toujours et toujours. Nous parcourons douze miles vers notre cap en huit heures à tirer des bords et des bords. Toutes nos forces sont réunies, je vois Tonton jouer de ses épaules à chaque passage de voiles. Il est costaud, le plus vieux des jeunes.

La barre ne m'assomme pas, un muscle caché derrière le triceps fait son apparition. Il s'appellera *Courb Arthur*, demain. Et ça tape, esquive, gauche, gauche, nous nous couchons et nous relevons. Elle, ne cèdera pas, elle, jamais. Il est six heures ce soir, une accalmie semble apparente, nous mangeons, Tonton prend le relais.

- Va te reposer un peu...

- Ok. Je suis juste là.

L'excitation m'empêche de fermer l'oeil, je suis sous l'échelle menant au cockpit. Une heure plus tard, la mer rouge remet les gants. Dixième et dernier round, on est debout...

C'est cet esprit que j'adore, l'humain plongé dans la beauté du soutien. Nous passons une journée ensemble, à se soucier de l'un comme de l'autre, poussé à l'extrême. Tonton n'a pas souvenir d'avoir eu peur comme ça dans sa vie, cette journée lui sera mémorable. Moi, indécis que je suis, voici ma première décision prise depuis une naissance de doute, cette journée est l'une des plus belles...

TRENTE-HUITIEME JOUR : YEMEN

Toute la nuit est une bataille. Nous nous relayons avec Tonton. Les derniers miles sont si proches et si loin en même temps...

3h :

- Tu perds ton cap.

- Tonton, j'n'y arrive plus...

Deuxième nuit blanche à la suite, mes bras ne supportent plus le moindre effort. J'essaye, j'essaye. Juste avant la décision de l'arbitre, je tombe, KO. Tonton vient à la barre, les yeux au-devant de l'obstacle. Quand je le regarde, il sourit, c'est magique. Ma tête se plonge dans les étoiles, j'ai tout donné. Cette sensation m'est rare, je suis épuisé, vraiment. Je n'assume plus le poids d'un cil, je suis vidé, faible comme jamais, plus rien, j'en ris. Qu'on ne me demande pas de rendre les armes, je ne pourrai même pas les soulever. Je suis une plume parmi les écailles et n'espère qu'une chose, que Tonton se dise: « bravo gamin ». Il se le dit, j'en suis sûr...

Il finit les dernières heures de barre, est usé, pareil, mais tient encore le cou(p). Le port d'Al Hudaydah est là, il est huit heures ce matin, nous arrivons, nous avons réussi...

Vilmy, c'est l'âne dans Shrek, il fait des blagues après la guerre. « Y a du carburant, y a plus de carburant », rit-il à chaque pas de danse de la victoire, entre deux vagues de deux mètres.

La consolation est maigre. Nous stationnons entre deux titans, sans eau ni électricité. Le bruit infernal des travaux du chantier naval sera notre berceuse, les mouches débarquent en masse avec leurs amis moustiques. Nos affaires sont trempées, voire pire, elles pleurent de l'iode. Ça pue, Vilmy est dégueulasse, beau gosse qu'il était. Peu importe, c'est aussi l'aventure. L'accueil se fait sous dix bras venus nous aider. Un d'eux dont le prénom ne peut s'écrire qu'en arabe propose à l'un de nous de l'accompagner avec un policier acheté des provisions. Tonton se charge des réparations, je m'en vais faire les courses, nous dormirons plus tard.

Kohrkohr, je l'appellerai de cette manière, parait avenant, sympathique et parle un bon anglais. Dans la voiture menant au magasin, le conducteur est ce policier qui nous a escortés jusqu'à la place d'ancrage. Un troisième homme grimpe, il s'assied à mes côtés, Abdel Hamid.

Souriant, avec un œil regardant l'autre, il porte un jean marron et un polo blanc cassé. Ah, aussi, il est armé d'un pistolet à la ceinture et d'une kalachnikov. Il pose son jouet à ses pieds, la carabine braque mon mollet gauche. Le policier crie dans son téléphone et slalome entre les voitures, chaque place gagnée est la sienne. Abdel Hamid déplace l'arme délicatement pour ouvrir sa fenêtre arrière. Ce sont maintenant mes testicules en surpression depuis quarante-cinq jours qui sont fixées, je croise les jambes en pensant « si un coup part, je les préserve... » Le coup n'est jamais parti.

Nous avons préparé une liste de courses à acheter avec Tonton, Kohrkohr la décrypte puis me demande de ne plus parler anglais dans le magasin. Le type occidental n'est pas le bienvenu pour tout le monde.

- Eux, c'est pour ta sécurité, moi, c'est pour ton bien, me balance Kohrkohr.

La présence de ces hommes armés? Éviter mon enlèvement. Nous pénétrons dans ce supermarché et j'ai trois bonhommes dont un avec une carabine à la main qui s'occupent de remplir mon caddie. Ils sont tous aux petits soins et mon ami Kohrkohr me conseille sur les prix les moins chers. Un petit de dix ans se greffe à nous. Kohrkohr négocie avec le marchand pour réduire mes frais pendant que nous mangeons une glace, le petit, le flic, l'armé et moi.

Un homme amputé des deux mains passe la porte, je me demande comment ou qui lui a fait ça. Je n'aurai que des fantasmes et aucune réponse, car aucune question. Nous rentrons dans la voiture, le fusil cible mon oreille gauche maintenant. Hamid rigole beaucoup. De l'oreille, il passe au front, il ne s'en rend pas compte, alors, je rigole avec lui. Il est bachelier, a une femme et un fils, n'est pas plus vieux que moi. Nous stationnons, une femme s'approche, elle est vêtue de haut en bas d'un voile noir ne laissant apparaître que ses yeux. Elle toque à la vitre pour mendier. Elle a les plus beaux yeux du monde... J'estime son âge entre quarante et soixante-dix-huit ans. Ce corps que l'on cache, c'est par pudeur ou pour s'attarder sur ce qui reste visible ? Ce regard... Elle a les yeux généreux et mendie. Hamid lui fait signe de partir. C'était très beau.

Nous rentrons, Tonton avance sur quelques installations. Kohrkohr passe dans l'après-midi nous apporter le repas et des canettes fraîches sans rien qu'on ne lui ai demandé. Je suis fan.

Un type veut nous vendre le litre de diesel à deux dollars. Tonton n'a pas patience à négocier ici. C'est en France qu'il trouve les accords. Moi j'aime ça et je ne lâche rien. Les bananes, je les préfère avec du rhum. Qu'on se fasse avoir un petit peu, j'accepte, difficilement mais, j'accepte. Qu'on nous prenne pour des oies, hors de question. J'imite Tonton:

- Écoute, certes, nous sommes européens, nous pourrions paraitre riche mais ne le sommes pas... Attaquez vous aux russes et aux allemands, ils ont beaucoup d'argent. Tonton est pauvre, je l'aide mais suis moi-même sans abri, ne me tuez pas sur les prix. Aichoumouk *(je vous en prie)*.

- Beau bateau...

- Sa femme lui a tout pris... Tout, everything. Il a dû quitter la France très vite avec un bateau prêté.

- C'est un prisonnier?

- Chuuuut, il est juste là... Mais oui, tout comme.

Le prix passe de deux dollars le litre à quarante centimes, mais C'est Tonton qui obtiendra un tarif défiant toutes concurrences.

TRENTE-NEUVIEME JOUR : PORT D'AL HUDAYDAH

« C'est la première fois de ma vie... »

Tonton vient de dormir quatorze heures. Quelques jours de fatigue à récupérer. Moi, j'ai dormi proche des étoiles et surtout, proche du vent. Ma tête à bâbord visait l'eau dégueulasse, à tribord, elle contemplait le ciel.

La journée est pleine de missions: réparation génois, GPS, ampoules de sécurité, winch, vidange, grand-voile, cales du mat, laver le bateau, nos affaires, la vaisselle... C'est Tonton qui se colle aux défis techniques, j'apprends à ses côtés. Autant, il peut être dur, voire prise de tête sur des petites choses, autant, il aime enseigner et est bon professeur. La journée défile alors que nous attendons pour changer de place. Kohrkohr nous apporte de l'eau chaude dans des bidons pour que nous puissions nous laver. C'est une attention qui nous touche, mes yeux en frissonnent. C'est réglé, il est vraiment bon comme gars. Lorsque quelqu'un se comporte de cette manière, je deviens extrémiste. Son coeur est plus blanc que le mien, alors, ma vie lui est remise. Je lui glisse nos trois derniers billets dans sa poche et lui demande de nous laisser les deux bidons de vingt litres.

- No, no, it's my present for you.

Il me remet l'argent dans ma poche, Tonton est ému. Déjà, dans l'après-midi, un homme est venu nous donner des gâteaux et des canettes fraiches. Il parlait légèrement français et était ravi de nous donner ce qu'il pouvait, sans rien attendre en retour. J'admire cette générosité et me remets en question sans arrêt. Chaque geste distribué par l'élan du coeur m'est une larme d'humilité. Ma mère nous a élevés sans jamais compter, offrant le meilleur pour ses gosses, toujours et je l'en remercie. Mon père nous a appris à faire du pain sans blé. Il suffit d'amour et d'un four autour d'une grande table, de la joie et de la bonne humeur. Aucun tabou autour de l'argent, je savais qu'il ne roulait pas sur l'or, nous n'en parlions pas et n'avions pas besoin d'en parler. A partir de demain, je donnerai le double de ce que j'ai, promis. Tiers monde soit disant... Si seulement les deux tiers restants pouvaient voir ça, juste le voir.

Nous nous mettons une mine phénoménale avec Tonton. Ça picole son bon vin du sud jusqu'à l'extinction de nos pupilles. Kohrkohr nous a apporté à diner et s'en va. Tonton et moi sommes bourrés. C'est une première de le voir avec des yeux si petits et moi, je ne fais que de parler. Il a le regard dans l'avenir de l'aventure. Il m'écoute quand il ne somnole pas, mais je continue sans arrêt de bavarder. J'entends des « ouais, ouais » alors que la question est :

« Sérieux, t'aurais fait quoi ?!

- ouais, ouais »

Il dort. Super moment de détente avant la reprise de demain.

Je dors sous le mât, comme la nuit dernière. J'écris et signe cette belle histoire. La tête tourne, Tonton doit ronfler, je ne vais pas tarder.

QUARANTIEME JOUR : PORT D'AL HUDAYDAH

La nuit fut courte, trois heures. Ce n'est pas grave, la moyenne est à peine plus élevée depuis le début du voyage. Mon ami vient à dix heures, comme prévu, mais avec des mauvaises nouvelles. Le diesel n'est pas disponible, nous n'aurons ni eau, ni électricité, ni internet. Deux jours qu'il me fait espérer, ma déception est grande. Tonton bout, « on y va ». Je le suivrais presque, mais là, nous ne pouvons aller nulle part... Il rencontre un nouveau type qui dit travailler dans une agence. Il semble sûr de lui, donne quelques ordres à des hommes et demande à Tonton ce qu'il désire. L'essence est vraiment chère. Le bonhomme dit à Tonton que le capitaine du bateau chinois monstrueux à cent mètres de nous peut nous dépanner. Ils partent ensemble, reviennent avec cent litres de fioul, offerts... C'est une aubaine, la grâce nous embrasse enfin. Nous changeons d'emplacement, Kohrkohr nous emmène à quelques miles d'ici. Il y a moins de mouches, de bruits, de moustiques, mais toujours pas d'eau. Tonton bricole un système sorti d'une série B et nous en obtient au bout de quelques minutes. Le fameux miraculeur revient nous demander ce que nous désirons d'autre.

- Il nous faudrait plus de gasoil, de l'eau, du sucre et du produit anti-moustiques; nous avons de l'argent pour tout ça.

Il part, revient une heure plus tard avec soixante litres de diesel, vingt litre d'essence, quarante litres d'eau, deux kilos de sucre et deux produits anti-moustiques.

- Thank you.... how much for all?

- Christmas, it's free, good bye *(Noël, c'est gratuit, au revoir)*.

Tout, le tout nous est offert par cet homme. Il repart avec son 4×4 et son homme à la carabine à la place du mort. Tonton n'en revient pas... Sa réconciliation le fait trembler d'émotion. La journée commençait mal, les derniers temps étaient durs, c'est incroyable. Je parlais hier des élans de générosité, celui-ci est simplement incroyable... Nous sommes prêts à partir. Les plans sont modifiés. Avec tous ces bidons à remplir, il est possible que nous fassions une halte dans cent-cinquante miles puis que nous tracions en Thaïlande directement. Nous voilà soulagés et heureux. L'aventure continue.

QUARANTE-ET-UNIEME JOUR : MER ROUGE

Trois nuits. Trois nuits. Tu m'entends ? Trois nuits... On arrive, on revient ! Tu vas voir ma belle... Trois nuits de repos pour ces bras qui ont souffert. Aujourd'hui, ils ne demandent qu'à remettre ça ! On va t'enchainer, appelle tes océans en aide, on est bouillant, sans limite, viens tester la pêche, elle est là, démesurée, elle te connait maintenant. KO? Tu blagues, jamais de la vie, je me relève toujours, prétentieuse, tu m'as à peine touché, à peine, parce que je le voulais bien, en plus de ça. Tonton, il est énervé, il a les crocs, viens voir sa tête, tu vas comprendre, comprendre qu'il en veut lui aussi, ma pauvre ! Congestionnés et déterminés, c'est reparti...

Nous quittons le port d'Al Hudaydah à huit heures ce matin, vaseline sur les arcades sourcilières et gants serrés.

Arrivés à dix miles de l'embouchure du port, une surprise nous attend. Madame a déclaré forfait. Pas de vent, ou peu. Agréable présent, on s'attendait à des vagues de douze mètres, un vent à trente-deux nœuds pleine face et un courant contraire, comme la dernière fois. Rien, elle est même plutôt chaleureuse et souriante. Nous restons sur nos gardes mais rien à faire, elle ne veut plus se battre. Vilmy se charge des petits câlins pour la maintenir au repos.

QUARANTE-DEUXIEME JOUR : MER ROUGE

Bataille reprise

QUARANTE-TROISIEME JOUR : AL MUKHA

La sortie de la Mer Rouge est proche mais il nous faut nous arrêter régulièrement. Nous nous donnons, au maximum.

Nous ne sommes qu'à quelques dizaines de miles de l'Érythrée, de Djibouti et du sud du Yémen. C'est très agité ici. Des pêcheurs s'activent.

Un bateau à moteur s'approche, cinq hommes figurent à son bord. Ils vont vite, bientôt un deuxième qui nous fonce dessus puis un troisième. En moins de dix minutes, trois moteurs vrombissent autour de Vilmy. Que veulent-ils ? Ils n'ont pas de canne à pêche... Tonton allume la VHF, nous lançons notre premier appel de détresse. Des pirates, sûrement des pirates, ils sont rapides sur leurs cigarettes. Comment ça va se passer ? J'ai dépensé mon dernier euro au port d'Al Hudaydah, j'ai un t-shirt avec écrit « Clichyaventure » s'ils veulent.

«Mayday, three boats are in our direction with speedboat, our position is 12.065.456 North 43.557.232 Est. »

Nous sommes sur le Vilmy à Antibes. Tonton, Yoann, Cyndie, Youssef et moi discutons dans le cockpit. Le départ est dans un mois et demi.

Je demande à Tonton :

- Ils me parlent tous des pirates à l'approche de la Somalie, ça te fait peur toi ?

-Non, mais on aura quelques bouteilles de bière et de l'essence pour faire des cocktails puis j'aurai de la ficelle pour leurs hélices de moteur.

Je souris, regarde Youssef, Yoann, Cyndie et leur demande s'il rigole.

À voir la tête de chacun, non, ils ne pensent pas qu'il plaisante...

Je respire un zeste de courage et songe à apprendre à bien doser les cocktails Molotov. Le voyage va être risqué.

Ils sont là, nous suivent à la trace, aucun lancé de bouts de ficelle n'est envisageable, certains viennent de face. Nous avons les vingt litres d'essence juste derrière Tonton. Je n'ai plus qu'à siffler les bières au plus vite... Un d'eux commence à faire de grands signes, il est tout proche. La VHF répond enfin.

- Not pirates, not pirates.

Ce sont, des pêcheurs, ils veulent des gâteaux et des clopes...

Nous arrivons à Al Mukha.

QUARANTE-QUATRIEME JOUR : AL MUKHA

Un voleur, ouais, un salopard de voleur ce chien de la casse. Je ne suis pas chez moi, je ne vais pas faire ma petite loi mais je lui souhaite le pire. Il vient de nous prendre deux-cents dollars pour les deux jours stationnés sans eau ni électricité. Il justifie son prix par les douanes, la protection, la place. Nous ne pouvons que pleurer sur notre sort. Il n'écoute rien. L'appel du Pascal étouffe l'appel à la prière, contrairement à Bari, l'agent du port d'Al Hudaydah. Ma seule distraction aura été ce pauvre bateau de commerce remontant le courant et s'enfonçant dans un cargo. Plus de peur que de mal, heureusement. Nous quittons ce port maudit sous le spectacle d'une horde de moutons débarquant du quai d'en face.

QUARANTE-CINQUIEME JOUR : MER ROUGE

Le vent de pleine face est terrible. Le courant est un escalator en sens contraire vitesse maximale. Allez ! Derniers pas mon beau cheval! On est là, entre la lutte et la délivrance, entre les nerfs et l'apaisement, si proche de la sortie et proche de la nouvelle entrée, nous arrivons... Le couloir de Bab El Mandeb accentue la puissance du vent. Nous rentrons les voiles et sortons le moteur, l'espace est petit entre l'île à tribord et les roches à bâbord. Un mile à l'heure avec un régime à deux mille cinq cents tours, c'est le prix de la liberté.

Enfin ! Ça y est ! La mer rouge est derrière nous.

- Tonton, félicitations...

- A toi aussi, p'tit père...

Nous nous tapons dans la main, c'est tout un univers qui nous sourit. Fier, c'est la tête haute et les yeux plongés dans l'avenir qu'on sublime notre étape. Le plus dur est passé, le reste du voyage sera plus clément, normalement.

QUARANTE-SIXIEME JOUR : GOLFE D'ADEN

Les roches rougeâtres sont d'une beauté inouïe. Un dégradé de cuivre embellit notre horizon, c'est magnifique. Nous sommes tout proche de ces sites merveilleux, moins d'un mile. La mer est plutôt calme, le vent souffle toujours. Nous tirons un bord.

- Tonton ?! Tu me fais quoi là ?!

Il vient de passer le génois à bâbord, s'assied et se tient le cœur. Il cherche de l'air, l'oppression le tétanise. Il est toujours conscient mais son souffle souffre.

« Ça va... », est sa réponse.

Non, ça ne va pas ! Pas du tout. Crise d'angoisse ? Crise d'angor ? Infarctus ? Je ne suis pas médecin mais j'ai quatre années d'urgences dans mon CV. Je le sentais fragile depuis quelques jours, mais ne me doutais pas un seul instant que son état s'aggravait. Il a un corps de jeune athlète, trois fois ma poigne, souple comme une gymnaste, déconne comme un ado, c'est Tonton quoi... Mais il a aussi 52 ans, petit fumeur, des antécédents cardiaques dans la famille, huit mois de travail consécutifs, un stress énorme quant à la viabilité de Vilmy, des nuits blanches à répétition...

Non, l'aventure ne peut pas continuer pour lui. Impossible. Je suis le capitaine du navire en ce qui concerne la santé du personnel, on s'arrête au port le plus proche et nous aviserons. L'expérience est magnifique, l'histoire est belle mais elle comporte des risques.

Je suis à la barre le plus souvent possible pour qu'il puisse se reposer au maximum depuis des jours. J'ai vingt-sept ans, sûrement ma meilleure forme physique, un mental en acier trempé, dopé par l'adrénaline et l'amour de ce voyage. Ce bateau, je l'emmène jusqu'en Thaïlande, puis au Brésil s'il le faut. Cependant, le bateau plus Tonton, j'en suis incapable. Sa santé avant toute chose, il consultera au plus vite.

Je lui fais une proposition.

- Tonton, (....)

- Impossible ! Jamais de la vie !

- Fais-moi confiance, s'il te plaît.

- Je te fais confiance petit père, mais c'est hors de question...

Toute la nuit, toute la nuit, j'en rêve. Les étoiles, les vagues, les dauphins, la voile, l'iode, l'océan, la solitude, l'infini, la beauté, pisser derrière les bidons de gasoil et faire bronzer mon cul nu, ce voyage, je le finirai seul.

Il refuse ? Il n'aura pas le choix, il me faut juste un pilote automatique que j'achèterai à Aden... Il verra sur le quai un sac avec son passeport, une lettre demandant de ne pas avertir ma famille et les autorités, et, ses dollars. Vilmy sera parti.

J'ai dit à toute ma famille, un par un, que je les aimais avant de partir. Ouais, on ne sait jamais. Ma mort ? Je ne l'envisage pas, je bosse avec elle. Elle ne peut pas me licencier du jour au lendemain. Puis elle m'aime bien, mes collègues me narguent mais je maintiens que si les patients décèdent avec moi, c'est parce qu'ils se sentent apaisés en ma présence. Du moins, c'est ce que je me dis.

Je ne connaissais rien de la voile il y a deux mois et m'engageais dans cette expérience risquée. Aujourd'hui, je pense être toujours un super novice mais j'ai une certitude, je peux le faire... Aucune crainte, aucune appréhension, bien au contraire, que du bonheur. Cette aventure m'apprend énormément de choses sur moi. J'avais le vertige avant. Je suis monté trois fois sur le mât à douze mètres pour effectuer des réparations sur la flèche et prends du plaisir dans les hauteurs désormais. J'étais moins débrouillard, assisté et en manque de confiance. Maintenant, j'ai une barbe de cinquante jours, une abstinence du même ordre et un excès de testostérone m'assurant un état de vaillance inédit.

Ma mère ne va pas être contente, ma sœur va encore plus flipper, mon frère va accoucher prématurément, mes grand-mères ne seront pas au courant et le reste va me trouver malade.

M'en voulez pas mais je suis déterminé, que le voyage commence...

« HISTOIRE : LE MONASTERE »

J'étais assis en lotus sur un *dofu* (petit coussin japonais), les yeux ouverts fixés à un mètre devant moi. Un rayon invisible pouvait me traverser de la fontanelle au périnée jusqu'au centre de la terre. Mes épaules retenaient ces bras dont les mains reposaient l'une dans l'autre. Je sentais cet air glisser dans mes narines, ma trachée, mes bronchioles, parcourir mon univers puis s'en aller respirer à nouveau. Cette position, je la tenais trois heures par jour, puis six heures les deux derniers. Je ne m'étais encore jamais senti aussi calme, reposé, apaisé, conscient, aimant et vivant.

Le retour d'un long voyage d'un an m'avait métamorphosé, je restais le même, avec une haine viscérale contre le système. Je critiquais l'humanité à chaque ouverture de mon clapet. Incompris, mes proches, ma copine, ma famille, tout ce petit monde me servait d'exutoire à grands discours autour du monologue d'un sourd :

« Au nom de quoi toutes ces inégalités ? L'homme n'est qu'une métastase sur terre, regardez le, rien ne vous choque ici ? On dit aux nouvelles mamans de ne pas allaiter, ça te parait normal ?! Pour acheter du lait de vache en poudre ? Vachement naturel tout ça... Tout, tout est fait pour t'abrutir et consommer. Ces politiques qui te parlent que d'oseille et de retraites, tous des pourris avares d'orgueil, jolie république. »

Je les avais vus, ces orpailleurs brésiliens dont la vie ne valait pas plus qu'une pépite d'or. Je m'étais occupé de quelques-uns d'entre eux aux urgences de Saint Laurent, victimes de morsure de serpent et d'intoxication alimentaire. Ils étaient des forces de la nature, des boules de muscles douées d'agilité à la peau de caïman. Certains avaient une pièce d'identité, d'autres n'apparaissaient sur aucun registre. Il n'y avait pas de recherches à mener lors de quelconques disparitions ou meurtres. L'Amazonie les engloutissait et de toute façon, ils n'existaient pas.

Comment ne pas parler de ce jeune bolivien de quinze ans dans cette mine d'argent perchée à quatre mille deux cents mètres d'altitude. Il était là, l'enfant. Il travaillait jusqu'à seize heures par jour, sept jours sur sept. Sa retraite lui sera accordée quand ils lui enlèveront un des deux poumons, avait confié la guide, autour des quarante ans généralement. Il ne rigolait pas comme les autres gosses, orphelin de tout espoir. L'oxygène avait peur dans cette caverne glauque, lui non. Il poussait avec des autres guerriers ces centaines de kilos de minéraux sur ces rails de début de siècle. Et nous, nous étions là, touristes voyeurs, amateurs du spectacle de la misère. Je me revoyais avec ce joli bracelet en argent à mon poignet et avais honte de distribuer des bouteilles de cola à ces travailleurs comme des cacahuètes à Vincennes. Comment pouvais-je rentrer à la maison et faire comme si de rien n'était ? Mais ça, c'est ce que j'avais vu ; et le reste ? Mes vêtements, ce chocolat, ce pétrole, ce lithium dans mon téléphone, mes belles chaussures et mon gel douche à la vanille, tout transite par l'asservissement de jeunes pauvres aux quatre coins du monde? Quelque chose avait changé en moi et monsieur l'excessif n'a jamais connu de demi mesure. « Tu ouvres les yeux à vingt-cinq ans. Tu vas faire quoi ? Arrêter de t'habiller ? Tu ne vas pas changer le monde mon pote... » Je n'en étais pas si sûr, un jour ou l'autre, je le changerai. En attendant, je n'avais plus de téléphone et lavais mon assiette avec mon pain que je mangeais par la suite. Cette mascarade fut brève, trop compliquée à réaliser, le coeur y était pourtant. J'étais ce boulet avec sa tondeuse à gazon au milieu d'un terrain de football :

- Hep ! Ne jouez pas trop près du corner ! J'en ai pour dix petites minutes de tonte.

J'agaçais, sérieusement... Comme un justicier de la culpabilité, mes mots flirtaient avec l'insolence à chaque crachat de témoignage. Pour faire la guerre contre les autres, il me fallait déjà être en paix avec moi-même. Je devais calmer cet esprit torturé. J'eus alors un désir d'apprendre la méditation. Deux monastères pouvaient m'accueillir, un chrétien, l'autre bouddhiste. Mon choix s'orienta vers l'apprentissage du zen. Quelques jours plus tard, j'entrais à Kanshoji en Dordogne.

Un moine m'accueillit, me présenta les jardins, les habitations communes et ma chambre pour la première nuit. L'endroit était calme, un potager longeait le monastère et un lac s'y réconfortait en contrebas. Pour accéder au dojo, nous marchions sur une passerelle en bois qui zigzaguait sous la bâtisse. Belle bâtisse, elle était paisible et reposante. J'avais fait un bon choix. Après avoir dit un bonjour général aux spirituels, on me demanda de ne parler à personne pendant vingt-quatre heures, si j'y arrivais. C'est sous ce silence auprès des marronniers que je déambulais à grand coup de sourires. Ne parler à personne ? Je ne demandais que ça. Loin de Paris et tous ses habitants fiers à la mine grise et au fond de teint de souffre. Je jouissais de mon isolement et l'exercice fut réussi avec les félicitations du jury. Un moine vint à ma rencontre m'apprendre la position à adopter lors des deux méditations quotidiennes. Ma souplesse m'ayant lâché à l'âge de six ans, je fis craquer quelques os et pris posture difficilement. Les premières méditations étaient quasi intenables, souffrantes pour les genoux et le mental. Comme un parallèle avec ma vision d'une société utopique, l'équilibre devait être parfait. Si le corps n'était pas symétrique, il criait sans mot pendant cette heure et demie. Pas un reniflement au retentissement du gong, plus un geste, immobile, tous ordonnés à atteindre le silence par la force de l'attente. Évidemment, au commencement, tout type de pensée traversait mes neurones, de mes derniers grands discours écologiques au clip de Shakira, de ce chien aboyant à l'aide devant cet autre chien mort à cette publicité pour croquettes... Tout y passait, pas une seconde de repos dans cette boîte qui me servait de tête.

Au bout du sixième jour, je pénétrais dans le temple avec le plaisir et l'envie de méditer. Même place, même front face au sud. Nous étions une trentaine à, ne rien faire, laisser les mauvaises pensées filer comme l'ombre d'un nuage et les bonnes pensées filer comme l'ombre d'un nuage, aussi. Mon cerveau était enfin vide de parasites, libéré d'un ressentiment dompté.

Nos journées s'articulaient autour de « samu » (travaux pour la collectivité). J'étais chargé de déplacer du fumier à l'aide d'une brouette et d'une pelle. Ce travail me convenait parfaitement. Mon évolution me permit de travailler au potager, au chantier du nouveau dojo ou au ménage du monastère. Il n'y avait pratiquement aucun intermédiaire, tout était récolté sur place. L'organisation de la communauté me paraissait naturelle comparée à la démesure industrielle de mon quotidien. Enfin, enfin je touchais cette terre qui me nourrissait. Mon rapport avec le monde changeait, petit à petit. Au petit déjeuner, des chants religieux transcendaient à travers la salle à manger. Je faisais mine de faire vibrer mon plexus en regardant timidement les moines chanter. En réalité j'attendais ce riz et ce soja avec un estomac grinçant. Ça, c'était au début... Je découvris très vite mes talents de ténor et lançais des :

- *Ho no mo, bu dsu do, go go ho no mo...*

Ces chants vivaient grâce à l'unité que formait la conférence. J'appris alors que la voix ne servait pas qu'à se plaindre, flatter les cuisses de la voisine, commander un grec avec des frites et insulter les mères des mauvais conducteurs. Ce qui se dégageait de nos cages thoraciques était simplement gracieux.

Nous bénissions ce que couvraient nos assiettes et remercions ceux qui les avaient préparées. Je trouvais ça humain, dans la conscience et le respect de cet instant, celui du repas collectif. L'harmonie régnait en chœur.

La méditation, l'acquiescement face à la liberté, cette rivière de calme dans une paix cosmique avait pansé une fissure douloureuse qui me séparait des miens.

Une discussion avec mon ami professeur de philosophie au lycée René Auffray allait complètement suturer cette plaie.

« Cette violence que tu décris est l'affirmation de l'oubli de ce que l'homme est: la conscience du monde ».

C'était donc ça ? L'oubli ? Moi-même en étais victime. Chaque fruit a son arbre, l'Homme n'y échappe pas. Nous n'avons rien de bâtard, au contraire, nous sommes désirés. Dès lors, ma compassion marcha de paire avec ma compréhension. Monde d'enfants qui jouent maladroitement en attendant d'être retrouvés. Après cette misanthropie, mon coeur bascula, complètement. Les astrologues comprendront mon signe balance ascendant bélier, les psychologues m'attitreront la jolie étiquette de bipolaire.

Tout cet acharnement s'effondrait, mon sourire réapparut, mes rêves redevinrent doux et paisibles. La suite de mon parcours devait me forger et me sortir de l'oubli, réintégrer l'unité du monde, colorer ces fameuses racines grises.

Ma détermination à me retrouver s'intensifiait et un passage par une marche solitaire prenait jour.

- Tom, tu viens au bled avec moi cet été ?

- Avec plaisir Youss'.

Il me rappelle le lendemain :

- Désolé, je ne peux pas cette année, mon chef ne me laisse pas de vacances. Mais si tu veux, vas y sans moi, ça fera plaisir à mes tantes !

Avec joie... Dormir à la belle étoile, cueillir des figues et des mûres sauvages, relier l'Afrique et l'Europe par la force des jambes, m'orienter, rencontrer, suer, rire, me connaitre et me reconnaitre, l'occasion était là.

- J'vais chez toi Youssef, à vélo.

- Va jusqu'à Orléans, on en reparle après.

C'est en témoignant que je tiens ma promesse d'aider ces peuples contre la machine infantile intenable. Voici ma manière de changer le monde, aussi petits que sont ces récits.

QUARANTE-SEPTIEME JOUR : GOLFE D'ADEN

J'ai tenu la barre pendant dix-huit heures et promis à Tonton de l'amener à Aden. Repose toi Capitaine, mon épaule est solide... Peu de temps après, il me remplace, se sent légèrement mieux. Je me couche tout sourire.

Je sens une présence au-dessus de ma tête, c'est Tonton qui renifle le compteur électrique. Un court circuit s'est produit, une odeur de cramé pince ses narines.

- Il se passe quoi Tonton ?

- Je ne sais pas, mais ce n'est pas bon, l'alternateur nous lâche...

Mon estomac se noue en deux, Vilmy blessé ? Et mon beau projet ?

Comment fais-je si une panne de ce type apparait pendant mon trip solitaire ? Je n'y connais rien ! Bien beau d'étudier les étoiles, si je m'étais un peu penché sur la partie technique du voilier, j'aurais quand même pu envisager ce départ. Mais là, c'est suicidaire. Déception, immense déception, imbécile!

J'ai un coup au moral et une sensation de fatigue qui ne me quittera pas. Tout blanc ou tout noir, je viens de chavirer dans l'obscurité. Pour accentuer l'instant, le GPS s'éteint régulièrement, les autres instruments suivent. A l'approche du port, la VHF ne fonctionne plus et le groupe électrogène crache son huile.

Nous arrivons sur Aden, notre dernière étape, l'aventure s'interrompt. Aucune idée de ce qui va suivre mais j'aimerais vraiment que Tonton consulte, vite.

DU QUARANTE-HUITIEME JOUR JUSQU'À MAINTENANT : ADEN

Nous arrimons la bête épuisée dans ce bâtiment des mers.

Un agent nous demande de nous mettre à l'ancrage, nous préférons stationner au quai, erreur. Plusieurs personnes viennent nous saluer et nous proposer leurs services. Un d'eux, Mohammed, deviendra mon taxi driver officiel. Petit, 21 ans, chétif, avec des dents déjà perturbées à mâchouiller la coca. Il est le neveu de Khale et le cousin de Noase.

- Je peux tout faire ici, les courses, t'emmener à Aden, trouver du gasoil...

Tonton est avec son agent officiel, Labibi. Ils s'occupent des formalités, des douanes, de tout le côté paperasse que j'affectionne. Khale tient un magasin de cartes postales délavées, de timbres, de turbans et de bagues juste devant le voilier. Il a un faux air d'Achille Talon.

- You want tea?

- Chokrane my friend *(merci mon ami)*.

Chaque matin, il nous apportera le petit-déjeuner salé, du pain et du thé, sur le bateau, « free ». Il parle un anglais aussi mauvais que le mien nous permettant de mieux nous comprendre avec nos mains. Noase débarque, habillé plus occidental que Mohammed avec son t-shirt Bob Marley et que Khale en djellaba beige. Marié, un enfant, il travaille de temps en temps sur des bateaux de croisière.

Je n'ai plus un centime depuis une semaine, aucun distributeur ne figurait sur la mer rouge. Tonton me donne ce qu'il me faut mais ma dépendance me déplait. Je laisse un sac de médicaments à cette famille au grand coeur pour les remercier. Noase nous dit dans la voiture :

- We are friend friend, if you need dollars, i give you...
(Nous sommes ami-ami, si vous avez besoin de dollars, je vous donne...)

Ils connaissent la situation de Tonton et sont aux petits soins avec nous. Jamais de ma vie je ne pourrai accepter cette offre mais son aide aspire son être dans une place cotonneuse de mon coeur.

Le distributeur crachera le lendemain avec une autre carte.

Mohammed me transporte partout, me tape sur le pied discrètement quand il voit un marchand tenter de me glisser une quenelle. Nous fumons la chicha ensemble au bord d'une route misérable.

Tonton est au repos strict, nous pouvons nous joindre à chaque instant avec nos puces yéménites en cas de problème.

Les vagues s'explosent contre le quai lors des changements de marées. Nous ancrons Vilmy au sable à quarante mètres d'ici et rejoignons la terre via le Vilmini, un bateau gonflable. Les nuits sont rassurantes. Je dors désormais à la belle étoile avec un léger vent du nord.

Tonton a des crises par intermittence, il limite les efforts physiques. Un médecin à Aden ? Ils sont cinq à nous l'avoir déconseillé. Il nous faut une solution d'urgence pour qu'il soit examiné au plus vite.

Des propositions s'enchainent et tombent les unes après les autres. Rapatrier le bateau par un cargo coute entre quinze mille et cent-cinquante-mille euros selon les agences. Parvenir à trouver un équipage français dans un bref délai est impossible. Nous cherchons et faisons jouer un maximum de contacts. Le temps presse.

Tonton annonce :

- J'ai contacté un voileux en Thaïlande. Il est à Bangkok et peut rapatrier le bateau pour six mille dollars.

- ...

- Tu vois le voilier australien à vingt mètres de nous ? Il est là depuis deux ans. Nous allons laisser le Vilmy ici un mois, le temps de s'assurer de mon état de santé, c'est la meilleure solution.

- Nous partons quand ?

- Dans moins de trois jours p'tit père.

Délivrance ! Direction Bangkok d'ici peu de temps, en avion. Le voyage est loin d'être fini...

Je n'ai que deux promesses à tenir, celle d'être présent le jour de l'arrivée de ma nièce et celle d'être présent le jour du départ de ma grand-mère. Entre temps, nous déambulons avec Tonton entre les agences et les points internet, entre l'entrée au quai et le Vilmini, entre mardi et jeudi. Je retrouve un Tonton perdu depuis un bon moment. Quand il se sent mieux, il déconne. Ses sourires prenaient des distances ces derniers temps. Il reste fragile, j'ai toujours des doutes. Nous irons à l'ambassade de France en Thaïlande, il sera examiné puis s'occupera du bateau selon l'état de son cœur, plus tard.

Les rues sont propres sur les grands axes, juste sur les grands axes. L'aridité chauffe les maisons sèches que couvrent ces ombres de fortune.

Et ces femmes, toutes vêtues d'un long voile noir, seul leur regard transperce ce rideau. Et ce regard, quel regard, je porte mes yeux contemplatifs dans chaque pupille traversée. Et ces pupilles, miroir magnifique d'une beauté mystérieuse, j'ai lâché mes étoiles pour m'étendre en elles. Et ce mystère, je tombe sous le charme de chacune d'elles, commerçantes, en promenade ou mendiantes, la lumière croît dans leurs yeux noirs. Je m'étonne, ce voile qui parait si farouche dans nos conventions, je le découvre tout autre ici. Comme le cadre noir d'un tableau splendide, il met en valeur ces yeux si parfaits, les sublime aux dépends du corps. Qu'on ne l'impose pas, surtout pas. Toutes violences ne sont que des mauvaises gravures bestiales sur un diamant d'éclat. L'énigme est proche, l'homme reste maladroit. Quelle plus belle lunette que l'oeil d'une femme ? Un univers infini encastré dans un univers infini. Sa prunelle est un ciel, son iris est un soleil, sa manifestation dans la puissance du regard. Bijou mis en valeur ou enfermé dans un coffre de prison, l'aversion est proche. Et finalement, la seule personne soumise devant cette beauté, c'est moi. Elles rigolent, marchent ensemble, tiennent la main de leur mari, ne semblent pas si malheureuses... Ce n'est qu'une impression, un ressenti, un témoignage.

Des pulsions, cela fait des semaines que mes désirs charnels sont au nord ouest et mon cap au sud est. Je vis vraiment bien mon abstinence et entame une carrière de célibat que je ne souhaite pas rompre pendant un long moment. Toute mon énergie se canalise dans ce voyage et mon mental se durcit de jours en jours. Aucune sexualité, je n'en ressens pas le besoin, vraiment pas. De l'attente, de l'effort physique, du partage, des émotions et de l'admiration, voilà mon quotidien et mon bonheur.

Je ne polémique nullement sur le port du voile. Je suis entièrement pour l'émancipation de la femme et témoigne une émotion vis-à-vis de ce sujet médiatisé. Qu'elles puissent se sentir libre en deux pièces à Montpellier ou voilées au Yémen, je n'émets aucun jugement.

Peut être qu'un jaïn nous trouverait trop sévère en terme de liberté car nous ne pouvons nous promener nus au sein de la capitale? Ici, même si au premier abord cela me semblait ridicule, une mode autour du hijab laisse place à des concurrences de style. Les vitrines de lingerie féminine abondent au centre commercial Lulu (mall digne de celui de la Défense).

Les gosses jouent aux dominos, on commence à être célèbre dans le coin. Des techniciens s'occupent du dada pour le remettre sur pied. Et nous, comme deux chatons sur un bateau, nous attendons le lait de l'avenir. Le jour du départ approche...

« MI-TEMPS »

Ma tante :

- Tom, on a montré la vidéo des dauphins aux maternelles, ils ont adoré!

Juste pour ça, je suis prêt à recommencer depuis le début. Merci mille fois. Oui, c'est flatteur et je suis fier, très fier de cette vidéo. L'appareillage technique n'a pas suivi, seuls les écrits ont emprunté le chemin du partage. Ces écrits ne s'adressaient que peu aux enfants finalement. Je n'ai pas eu de nouvelles concernant les écoles et ne me sens pas capable de conter tout ce périple en plume bisounours. Mais là, savoir qu'ils ont ri en visionnant ce petit film, ça m'émeut, ouais, beaucoup.

Il y a énormément à raconter, j'ai parlé du minimum dans ces articles. Parfois l'écriture était imbibée de joie, parfois de détresse. Je n'ai pas caché les moments forts dans un sens comme dans l'autre. J'ai cependant omis des passages pour ne pas effrayer des lecteurs proches. Je leur raconterai au retour. Je ne me connaissais pas dans des conditions aussi précaires avec une autre personne puis le voilier m'était inconnu. Mon voyage à vélo n'était pas du luxe mais j'y étais seul. J'ai développé un potentiel caché de vertus et affirmé un potentiel connu d'âneries. Je suis l'ami de beaucoup mais beaucoup ne m'appellent pas quand il faut bricoler à la maison. Je suis capable d'y mettre le feu avec un tuyau d'arrosage et trouver les étincelles jolies. Tonton en a des belles sur moi :

- Tom, explique-moi pourquoi tu manges cette pince à linge alors que tu sais qu'on en a plus ?
- Aucune idée Tonton, elle était devant moi...
- La poubelle en carton avec une éponge mouillée dedans, tu me l'expliques ?
- Non...

Hier, 2 h du matin, je dors sous la bout' du génois de bâbord, je me réveille en sursaut, fonce derrière la barre et hurle :

Tonton !!!!!!

- Quoi ?! Dit-il en se réveillant.
- Le bateau fonce sur un rocher !
- Non... le bateau est ancré et la marée monte, puis, c'est une bouée.
- Tu ne veux pas reculer le bidon de gasoil quand tu verses dans l'entonnoir ? Tu mets un tiers à côté.
- Je suis daltonien.

- Le rapport ?

- Je ne le vois pas non plus...

- Tom, tu as vu ce cargo qu'ils déchargent depuis hier, il a pris cinq mètres de haut.

- La marée est basse.

- Et ??

- J'suis con !

Et là, il explose de rire.

La meilleure sur Tonton, je balance :

Il parle avec un égyptien,

- We did two thousand thousand on the boat *(nous avons fait deux mille mille sur le bateau)*

- Tonton, pourquoi tu dis deux fois thousand à chaque fois ?

- Bah, ça veut dire mille en anglais.

- Mais on a fait deux mille miles, MILES ! C'est comme si en français, au lieu de dire le mot « kilomètre », tu disais « Million » !

Ceci reste ma plus belle barre de rire.

Un centième, j'ai écrit un centième du voyage, pas plus.

- Tu sais quoi p'tit père, tu m'as redonné envie de lire... J'ai horreur d'être dérangé quand je suis dans la lecture du carnet de bords. Tu les fais voyager, tu ne t'en rends pas compte, mais t'as un truc.

- Arrête tes conneries Tonton...

- J'te jure !

Je n'ai aucun tabou et ai suffisamment de recul pour parler de tout. Mon autoportrait, mes traumatismes, mes capacités, mes limites, mes peurs, mes angoisses, je peux en parler sans gêne, aucune. Ce travail sur moi continue et continuera. Arrivés en Thaïlande, nous nous séparerons avec Tonton après son auscultation. Il règlera la partie voilier au port, j'irai dans un centre de boxe thaïlandaise pour quelques temps.

Je vois le changement de mon équipier. Bien beau de parler de ma pomme, mais lui aussi évolue. Je me souviens de l'arrivée à Port-Saïd, Tonton s'arrachait les cheveux quant à l'emplacement qu'on nous avait attitré. Les ports miséreux se sont enchaînés depuis. Hier soir, avant de nous coucher, il m'a surpris:

- C'est beau ici, avec ces roches au loin et ces belles lumières...

Avant, son soucis était l'eau, l'électricité, le confort du bateau et le restau sous la capitainerie. Maintenant, nous n'avons rien de tout ça et il se réjouit de la vue...

La découverte d'autres cultures et d'autres régions affûtent une ouverture d'esprit. Il n'y a pas d'âge pour mûrir. Tonton me dit que je suis un excellent vin qui devient rouge. Après soixante jours passés ensemble, je le prends comme un énorme compliment.

Des coups de feu viennent de retentir à une centaine de mètres. Je coupe mon téléphone et dors sous le mât. Bonne nuit.

« TONTON SANTÉ »

    Tonton se repose et cherche des solutions. Moins d'angoisse, de stress et plus de sommeil. Il a repris des kilos. Le billet d'avion est pris pour lundi. Il ira faire ses examens sur Bangkok. Il a trouvé un capitaine yéménite pour assurer le convoyage du Vilmy. Ils seront deux à partir. Ça devient long ici... Vivement la Thaïlande.

CINQUANTE-SEPTIÈME JOUR ET FIN

Dernière nuit. Je me couche sur ton dos. Il frotte le mien pour cet ultime sommeil. J'ai les yeux contre les étoiles, je les cligne de fatigue dans un soupir, un au revoir. Vous allez me manquer vous aussi, mon échiquier, mes amis. Ce ciel à cette place, en ce jour, en ce temps, dégagé, je le sais, sans doute trop, je ne le reverrai plus jamais. Il sera différent après demain, je bouge sans cesse, mes yeux me suivent. Sa garde robe scintillera, nouveau regard, nouveaux éclats ; jusqu'à ce que mémoire s'éteigne, pas tout de suite, je ne l'espère pas.

Mon beau Vilmy, tu me manques déjà, je ne compte plus mes baisers sur ton bois. Et combien mon poing s'est écorché, sur ces mêmes lattes, les cils serrés ? Mon beau Vilmy, c'est un adieu, je ne te sourirai sans doute, plus jamais. Mais souviens-toi, joli dada, que mes souvenirs te pleurent déjà. Saleté de larme à mon oeil droit, une petite vague, ne l'essuie pas, ne l'essuie pas, surtout pas. Qu'elle se mélange aux eaux salées qui bordent ta joue depuis des mois, et qu'elle finisse dans la mer, comme toutes les autres, autres émois.

Mon beau Vilmy, ton génois, pointe Orion, notre cap. Mais mon cheval, nous n'irons pas, pas toi et moi, pas toi et moi...

T'es costaud, bel étalon, une bonne épaule et une belle gueule. Tu m'impressionnes et tes talents, sont dignes des plus grands. Bientôt pour toi un océan, une nouvelle épopée. Oui, je le sais, mon grand, avec d'autres, avec d'autres...

Non frangin, je ne te quitte pas, c'est cette histoire qui nous désunit. Puis moi non plus, tu ne me connaissais pas, au début de l'aventure. Maudite histoire, je ne le crois pas, viens chialer dans mes bras, que je sente ton fioul une dernière fois, mon beau dada, sacré dada. Relève ta tête et ta crinière, bombe le torse, relève ta queue. Fous les à l'eau ces salopards, s'ils ne te respectent pas. Je l'espère, en tremble ma foi, ils prendront soin de toi. Jusqu'à ton arrivée, toutes mes prières vogueront au-dessus de ton mât.

Non mon poulain, Tonton ne reste pas loin. Il fait son maximum pour ton bien, pour son bien.

Il te retrouvera, toi fatigué, lui sur pied et qui sait, qui sait, peut être que nous...

Je ne connais pas demain, mais j'ai bonne connaissance d'hier et crois-moi, notre chemin, grave ma jeunesse de ta rencontre. Cette jeunesse, tu l'as reprise, en même temps que tu as pris la mienne. Oui mon ami, je deviens adulte, grâce à toi, grâce à toi.

Je me réveille ce matin, je n'ai jamais aussi bien dormi, d'un seul trait, trait d'union, mon cheval, merci-merci. Voici une poussière de pensée, souviens toi ces bons moments, nous trois, tous contents, sourires aux dents, contemplant. Dans ce calme et cette chaleur, sous ce soleil de lune, dans le rythme plat d'une lente cadence ou dans la furie de vagues violentes, dans ces blagues et ces angoisses, dans l'embrassade de longues minutes, dans l'attente d'une roche si proche, on était là, tous les trois. Je t'écris avec mon sang, celui laissé sur ta peau, mélangé avec celui de Tonton, il coule d'histoire, quelle belle histoire. Des blessures, on en a tous, des dizaines, ou peut être plus, mais cette cicatrice de la séparation, écorche mon cœur à son talon. Mon beau cheval, je ne suis pas loin, je reste sur Terre encore longtemps. Si les vents ne sont pas contraires, sans gouvernail viendra mon air, te saluer, pousser tes voiles sur quelques miles ou quelques mètres. Mais je soufflerai, de toutes mes forces, je m'épuiserai, je m'épuiserai. Tu connais ton cavalier, qu'il aime ça, naviguons, naviguons, brave équipier.

Vilmy, je m'en vais, la rate égorgée de douleur, mon beau cheval, je te quitte, merci encore, merci miles fois...

THAÏLANDE

J'écris de mon lit et la trouve différente ici, la jungle. Quatorze heures de bus dont onze de nuit m'ont permis de rejoindre le village de Pai. Le soleil se fait discret. Quelques vapeurs ambiancent l'air agréable qu'aspire mon nez marin. Le calme, l'isolement, la verdure, ça me plaît ici...

Yémen, deux jours auparavant :

Tonton est assis sur des marches, il a le visage serré et la main droite sur la poitrine. Devant moi, un homme de petite taille, une moustache qu'écorche sa voix et des yeux vidés d'âme, nous sommes au pied de sa maison, je lui parle avec une voix étranglée :

- Regardez-le, je vous en supplie, il lui faut un hôpital, vite, très vite ! Dites combien vous voulez, mais par pitié, accordez-lui son visa.

Je quémande, fierté dans ma poche. Les gars de notre agence réclament avec nous. Ils jurent qu'il est malade, jurent trois fois même. Je sors mon portable et montre une photo de Guyane où je suis vêtu de ma blouse SAMU :

Je suis son docteur en France, regardez, Heart Doctor.

Tonton pousse des petits cris d'épuisement. Il s'en fout, ne veut rien entendre l'autre salopard. Cela fait quatre heures que les autorités ne veulent pas tamponner notre passeport et que nous serpentons entre les rues d'Aden, toquons à chaque porte des supérieurs pour qu'ils griffent cette page d'un cachet officiel. Notre avion décolle à 9h demain, le service des douanes ouvre à huit heures trente. Il est clair, nous sommes otages de ce pays et certains espèrent le gros lot avec deux pigeons comme nous. Deux jeunes de l'agence désirent parler seuls avec ce supérieur moustachu. La discussion dure cinq minutes. Ils reviennent, le suspens me fait presque vomir. Il a toujours ses pommettes diaboliques. Il regarde Tonton à plusieurs reprises, demande un stylo et signe enfin le papier de la libération. Je souffle fort, la poussière à mes pieds s'écarte d'une circulaire de trente centimètres. Enfin, le cauchemar se termine... Arrivés dans la voiture, j'apprends que Satan a accepté pour cent dollars de signer. Je n'ai rien vu.

Nous rentrons au service des douanes. Le policier, lui aussi corrompu, doit nous escorter jusqu'à l'aéroport.

Nous n'exprimerons pas notre gratitude à Khale, il est déjà rentré chez lui. Par ces écrits, je rends hommage à cette famille formidable, Khale, Mohammed, Noase. Que vos prières continuent à vous accompagner dans le chemin du partage. Votre bonté et votre aide nous ont été précieuses. Merci mille fois.

La liberté semble proche, nous dormons trois heures dans un hôtel avec Tonton.

Ils sont à l'heure. Direction l'aéroport d'Aden à présent. L'aventure avec Vilmy s'achève ici, assis à cette place 17B, le hublot à droite et l'aile qui frétille d'envie de s'échapper. L'avion décolle, direction Dubaï, puis Bahreïn, puis Bangkok. C'est un soulagement et une douleur, une respiration et une expiration, la fin d'une aventure et le début d'une autre, avec, cependant, un goût amer. C'est triste de s'arrêter comme ça mais nous y sommes obligés. Les derniers jours étaient longs au Yémen, notre liberté nous redonne le sourire. Nous sommes entre Bahreïn et Bangkok, Tonton lit le dernier article sur Vilmy.

- Il t'arrive quoi Tonton ?!

- C'est touchant...

Je vois ses larmes qui restent collées à ses yeux, quelque chose les empêche de couler mais il est ému. Et ouais Tonton, on en aura vécues des belles choses. Autant de souvenirs que de vagues mon ami, autant de soupirs que d'espoir et tout ça, ensemble...

J'ai été ravi de partager cette expérience avec toi, ouais, vraiment. Tonton, j'ai la plume dans les nuages, elle ne sait pas par où commencer pour te dire ce que je pense de tout ça. Le mieux est peut-être le silence. « Toutes les grandes phrases commencent par un long silence » n'est-ce pas ? Toutes les belles phrases sont des ricochets de ce silence. Nos souvenirs subliment les meilleurs moments et ces écrits partagent si peu. Nous n'en ferons pas un film Tonton. Cette aventure, nous en avons déjà fait une danse, danse avec les étoiles, la mer et les roches. Je te l'avoue, ma meilleure danse céleste.

Et si tu m'as appris beaucoup pendant ce voyage, je suis fier quand tu me vises Vénus et « Casselespieds ». Tonton, je ne serai jamais mécanicien, je veux être soudeur.

Notre avion se pose en Thaïlande. Il est sept heures ce matin. Les bagages sont pris, les lèvres débordent d'avenir. Nous rejoignons un ami de Koh Phayam de Tonton, son fils arrive quelques minutes plus tard. Les retrouvailles sont touchantes. C'est notre dernière journée ensemble. Ca va nous faire bizarre.

Quelle ville. Bangkok est d'une immensité incroyable. Passer de la mer à cette mégalopole, ce n'est pas sauter du coq à l'âne, mais de la fourmi au diplodocus. Le changement est radical. L'heure du départ sonne. Je dois rejoindre Pai. Tonton va passer la soirée avec son fils et consulter demain matin à l'hôpital de Bangkok. Ils m'accompagnent au métro, nous posons pour une dernière photo ensemble, au revoir Tonton... Un vrai « revoir », porte toi bien...

PAI

J'arrive dans ce village à 9 h 30. Village aux quinze bars et très touristique. Je ne m'attendais pas à si grand et suis légèrement déçu. Un scooter taxi m'emmène à la salle de boxe thaïlandaise. Des européens s'entraînent, Bee vient me saluer. Lui, c'est l'ancien champion, numéro un en 1996/97. Il a pris du poids depuis, mais reste vif. Le ring est entouré par la verdure, trois appareils de musculation bordent le chantier, sept sacs se cachent au sud et un tapis aussi large que long est posé face à un miroir. Le cours se termine, un élève m'accompagne dans mon bungalow. Je ne demandais pas mieux. Mon lit donne sur un lac à la racine d'une immense forêt. J'ai l'électricité et l'eau chaude et ne serai pas dérangé par les voisins.

- Tom, j'ai les résultats de l'électrocardiogramme, me dit Tonton par téléphone.

- Envoie les moi.

La réponse tombe le lendemain. Tonton a bien fait un infarctus...

C'est du repos, de la tranquillité, une petite vie saine et des examens un peu plus poussés qu'il lui faut désormais.

Il est à Phuket, cherche un équipage pour rapatrier son bateau. Je lui énonce les risques et lui recommande un retour en France au plus vite. Il me dit se sentir mieux et me promet de se dépêcher.

« LA QUETE »

J'ai espoir en un monde en paix et ne baisserai pas les bras.

On peut me traiter de fou, malade, écorché, etc. « si tu vois tout en noir, tu ne seras jamais heureux ». Je réponds volontiers que ce monde violent ne me laisse que peu de place au bonheur et que ceux qui s'y sentent à l'aise me paraissent tout aussi atteints. « L'intelligence, c'est s'adapter », certes, « la lâcheté, c'est s'adapter à vivre dans la pénombre ». Je peux peindre un tableau sombre en multipliant les exemples, mais j'ai la conviction que la lumière est toujours présente.

Cet article est un embryon de ma pensée. En revanche, je l'espère, il pourra engendrer des dialogues et des questions.

Il y a tellement de parallèles entre le voyage extérieur et le voyage intérieur qu'une introspection à la fin de ce périple me semble être une bonne conclusion. Les semaines avant le retour défilent et l'envie d'écrire diminue, comme si l'encre était attachée au voilier.

Mon voyage demeure un gros point d'interrogation dans une phrase incompréhensible. J'aimerais être une virgule sur une rampe de lancement.

Mon article va traiter d'une réponse, complètement personnelle et subjective, il n'a pas d'autres prétentions. En revanche, pour exprimer mon ressenti, j'écrirai par des affirmations afin de ne pas me limiter dans ma pensée.

Nous la négligeons. Elle apprend même à se battre... Pauvre homme si tu y vois une évolution. Moi, j'en ai honte. Au nom de l'égalité des sexes ? Horrible phrase ! Il m'est temps de me rappeler l'évidence et d'espérer changer ce monde.

Comment ai-je pu pendant tant d'années comparer la rose et le vase ? Le diamant et le bracelet ? La lumière et la torche ? La peinture et le cadre ? L'eau et la roche ?

J'ai trouvé une réponse à mon énigme au Yémen. C'est en m'ouvrant à d'autres cultures que l'analyse fut fructueuse. Je n'avais jamais été touché à ce point par la beauté. Mes yeux plus souvent plongés dans le décolleté que dans la profondeur du regard.

Ce n'est pas pour titiller les machos, bouleverser les codes ou provoquer mes confrères, mais aujourd'hui, et c'est bien nouveau, je place la femme au rang de joyau et l'homme, comme élévateur de ce joyau. Je pense lui donner sa place d'origine, la plus noble à mes yeux.

Je vois la femme comme la chaleur précieuse, la clarté cosmique et l'ultime floraison du divin. Elle est, la plus exceptionnelle expression de la Beauté.

Je me vois comme soutien, dont la spiritualité se réalise dans l'accompagnement de cette dernière. Une image me revient. Un homme au dessin parfait, un genou à terre, la tête baissée, il a les bras tendus comme s'il poussait ses paumes vers le soleil, ses mains sont fortes et attendent l'assise, l'assise d'une femme.

Le retrait et l'abstinence restent des vertus lorsqu'ils sont éphémères. Me poser, patienter, observer, contempler, m'ouvrir à l'équilibre pour que réponse soit, était une préparation.

Je n'ai pas trouvé de réponses à l'harmonie céleste dans l'égalité des sexes, j'en ai trouvé dans la fluctuation des échanges entre le masculin et le féminin. L'épanouissement de mon masculin dans l'accompagnement du féminin, et inversement.

Je m'espère, protégeant le joyau, dont la sécurité ne laisse aucune place au doute, infaillible quant à la dureté de mes épaules et poète, flattant la plus belle des œuvres divines.

La guérison, la paix, en flattant le berceau du monde.

Ma place, je la connais désormais. Le mystère, Dieu? Une réponse: amour. Je le vois comme cette soudure entre ma quête et moi. Pourquoi craindre l'amour? Autant de fantasmes d'horreur que de frustrés spirituels. Les sages éprouvent, ils ne souffrent pas. Le paradis, l'enfer, évidemment que j'y crois. Mais pas dans un autre monde, dans mon lit. Dans mon lit avec le souci du bien-être. Est-elle heureuse, en sécurité, apaisée, souriante, comblée ? Si la réponse est oui, alors le paradis est mon présent. Si la réponse est non, alors l'enfer m'ouvre ses portes. Aucun au-delà, tout de suite, dans ses yeux.

Si les religions sont portées par des hommes, c'est parce qu'il appartient au bracelet de mettre en valeur le bijou. Grossière interprétation que d'y voir une supériorité masculine.

Je vois les vertus de l'homme dans le cadre qui permet l'épanouissement de la femme. La politique lui appartient à condition qu'il la mette au service de la Beauté. Je ne pense pas qu'il existe un modèle unique et parfait. Certaines pierres précieuses brillent seules, sans support. Certaines peuvent changer de bracelet et continuer à briller. Certains bracelets comportent une ou plusieurs pierres, à lui de ne pas négliger l'une d'entre elles. Aucune affirmation dans un modèle destiné, le spectre des rayonnements est large.

L'identité spirituelle n'est pas dans l'apparence visible, mais dans l'intériorité de chaque "un". Ainsi, des couples d'un même sexe peuvent s'épanouir spirituellement, l'échange masculin, féminin opérant toujours.

Ce n'est pas par le jugement que le salut s'obtient, mais par la compréhension.

Notre monde souffre, j'espère sa guérison. Une nouvelle classe politique doit naitre, par nécessité de paix.

Dans la violence des attributs masculins, le diamant se fissure. Dans la vertu des attributs masculins, il lui est possible de lui redonner brillance. Brillance de la femme, du berceau, de la vie.

La politique par les hommes ? Évidemment. A condition qu'il ait pour objectif le bien-être de la femme. Guider pour mettre en valeur, notre république de paix sera une danse.

QUOTIDIEN

J'ai besoin de ça... C'est exactement ce que j'attendais. J'ai ce trop plein d'énergie à évacuer. Oui, le voilier laisse des séquelles de frustrations et quelques traumatismes. Écrire et taper dans des sacs, voilà mon remède pour le moment. L'un et l'autre me vident, ma thérapie après l'effort. J'assiste à tous les entraînements, quatre heures par jour. Les blessures s'enchaînent, rien de grave, mais de quoi me rappeler que je ne suis pas surhumain. Des ailes ont poussé pendant ce périple, je ne m'étais jamais senti aussi fort dans ma tête, dans mes bras. Je redescends, petit à petit.

Nous nous appelons régulièrement avec Tonton. Il se sent bien, a pris cinq kilos et vit désormais à Koh Phayam, son ile de cœur. Il a enfin trouvé un équipage sérieux pour son bateau. Vilmy va partir du Yémen début janvier avec un italien et une anglaise.

Les journées se suivent et se ressemblent.

Le matin, le réveil sonne à sept heures, une barre chocolatée m'attend au pied du lit avec un jus d'orange chimique et sucré. Il fait sept à huit degrés et l'entraînement commence à 8h. Je cherche mon sac de sport pendant dix minutes avant le départ. Comme à son habitude, il est près de la porte d'entrée, sous ma veste jaune. Mais comme à mon habitude, je reste persuadé de l'avoir changé de place et le cherche en m'énervant. J'enfourche le scooter loué puis pars au camp. Les six chiots jouent sur le tapis face au miroir, Bee et sa compagne sont présents. On se salue, je caresse Tiger puis vais sauter à la corde. Depuis qu'il fait froid, le nombre d'entraînés a chuté de moitié. Il n'est pas rare que nous ne soyons que cinq ou six à l'entraînement matinal. Le staff est extraordinaire. Ils ont une forme olympique et savent stimuler. Nous sommes quasiment tous européens. Je perfectionne cet anglais négligé à l'école et suis désormais quelques conversations remplies de :

« fucking shit, was a sweet girl ! ».

Elles rigolent, les serveuses du restaurant. Je mime le touriste adapté, les mains plaquées entre elles, je me baisse et leur dis bonjour avant de m'installer à table.

Grosses pâtes et poulets, riz et légumes. Voici mon régime quotidien. Quatre repas par jour en plus du petit-déjeuner énergétique.

La salutation est bien plus pudique qu'au Yémen. Il n'y a pas d'accolades franches, en tout cas, je n'en ai pas vu. Une certaine distance physique est mise entre chaque individu et les plus criards dans la rue, ce sont les touristes.

Chaque culture a ses repères dans la pudeur. Je trouve qu'ici, le rire est largement masqué par les mains et le contact me semble réservé à l'intimité. Les couleurs abondent sur toute la largeur des vêtements. Moi qui n'ai jamais su pareiller un pantalon et un t-shirt, je dois plutôt dire que je ne me sens pas en désunion totale avec la mode thaïlandaise.

La vie n'est pas chère. Les restaurants offrent des plats consistants à moins de deux euros et le cocktail est au même prix.

Un joli point de vue se situe à trois kilomètres du village. C'est le seul endroit avec le lac au pied de mon bungalow que je trouve vraiment agréable. Je n'ai pas encore fait le tour complet de la région, hormis la visite des modestes cascades.

J'ai mon pote, Antoine, un français en voyage depuis sept mois. Il a visité l'Indonésie, Madagascar, le Japon, la Chine et commence un tour en Thaïlande. Nous sortons de temps en temps, fumons quelques bouffées de Ganja locale puis nous nous entrainons ensemble.

Je n'ai aucune sensation d'insécurité, le scooter n'est jamais attaché, il patiente une à deux heures avec mes courses sur le siège le temps d'un massage. Les massages... J'en pratique en moyenne un à deux par jour, habillé pour le « Thaï » ou nu pour le massage à l'huile. Seulement une fois une masseuse m'a proposé de faire péter le champagne. Le bon vin sachant attendre, elle a eu un sourire en guise de « ka-pum khap, maybe later *(merci, peut être plus tard)* ».

J'ai délaissé mes étoiles dans ce mais les retrouverai sous un ciel chaleureux de France cet été.

Voici une partie de mon quotidien. J'atterris, lentement mais sûrement...

« *LES MATERNELLES* »

Bonjour mes chers aventuriers. Puis-je vous raconter la suite de notre voyage ?

Après avoir quitté l'Égypte et ses pharaons, nous avons traversé l'immense mer rouge avec Tonton sur le Vilmy. Pendant plus de deux longues semaines, nous n'avons pas vu la terre. Les vagues étaient très grandes et le vent soufflait très fort. Les dauphins nous ont accompagnés tous les jours. Tonton a même réalisé une vidéo où l'on peut en compter cinquante ! Malheureusement, nous avons dû arrêter l'aventure avant l'arrivée dans l'océan indien car Tonton est tombé malade. Nous sommes alors partis en avion en Thaïlande et il est allé à l'hôpital se faire soigner. Il va beaucoup mieux aujourd'hui.

Et vous, comment allez-vous les aventuriers ?

L'hiver est doux cette année, il se repose m'a-t-il dit. Oui, nous parlons tous les ans ensemble. Nous nous rappelons des souvenirs. Il se souvient de quand j'avais votre âge, il y a vingt-trois ans. J'avais mon pull de laine tricoté par mamie, mon bonnet rouge avec un héros dessiné dessus, mon gant gauche enfilé à ma main droite et mon gant droit enfilé à ma main gauche, des bottes dans lesquelles mes pieds flottaient, un pantalon marron et un beau manteau jaune. Josiane Tabone était ma maîtresse de troisième section de maternelle et Youssef était déjà mon ami. A l'école, le préau au toit beige nous abritait de la neige, la cour de récréation me paraissait gigantesque, les arbres nus attendaient que le printemps les habille, le soleil ne nous saluait que pour quelques heures et j'attendais que maman ou papa vienne me récupérer quand la lumière du jour s'en allait se coucher.

Vilmy vivait au sud de l'Italie. Il avait onze ans, appartenait à un marchand et naviguait en mer méditerranée. Il était déjà robuste et courageux à cette époque. Il rêvait même de faire un grand voyage, de parcourir le monde.

Un soir, peu de temps avant Noël, un ami de son propriétaire italien vint manger sur le bateau. Les deux hommes se ressemblaient beaucoup. Ils avaient l'âge de papy, une barbe grise et un bout de nez tout rouge. Le capitaine avait les cheveux un peu plus longs que son ami. Devinez ce qu'ils mangèrent en discutant toute la nuit ? Des pâtes ! Des bonnes pâtes fraiches italiennes. Ces pâtes avaient cuit sur ces plaques de gaz qui réchaufferont les petits plats de Tonton vingt ans plus tard.

Cette nuit là, l'ami du propriétaire amena une carte du monde avec les vents, les courants et des vagues dessinés dessus. Après avoir bu du bon vin italien, il dit au capitaine « Ton bateau aura un grand destin Roberto. Je te donne cette carte en espérant qu'elle te servira un jour... ».

La nuit froide d'hiver fut réchauffée dans les rires qui suivirent les rêves de voyage. Ils se couchèrent sur ces couchettes de chaque côté du moteur et se réveillèrent le lendemain, la carte du monde enroulée, posée sur la banquette qui entoure la table.

Nous l'avons retrouvée au milieu des livres de géographie écrits en italien. Elle a jauni sur tout son pourtour mais les notes inscrites dessus restent bien visibles.

Les livres, les cadres, la maquette de bateau, le tableau avec tous les nœuds marins dessinés, les vieux bouts de ficelle, la casserole rouillée, l'ancienne radio et son téléphone à fil épais, le sondeur grisonnant, la fameuse carte, les anciens rires qui raisonnent, les ronflements des capitaines, l'iode des différentes mers, les écailles perdues des poissons péchés forment la mémoire de Vilmy. J'ai laissé, mes chers aventuriers, avant de partir, le dessin du petit oiseau qui nous a accompagnés. Qui sait, peut être que dans vingt-trois ans, un de vous croisera la route de Vilmy ? Le dessin est caché dans le petit bureau proche de la radio, sous des livres marins français. Prenez quelques crayons de couleurs les amis, je n'avais qu'un stylo bleu et l'oiseau ne demande qu'à briller. Le soleil ne s'éteint jamais les p'tits loups. Demain, ce sera à vous de souffler sur les nuages pour pouvoir regarder les étoiles. N'oubliez pas que plus vous serez nombreux à souffler, plus le ciel sera dégagé et lumineux.

Soyez sage et embrassez la maîtresse aux cheveux de poivre et de sel, c'est ma tata.

Je vous souhaite mes meilleurs vœux mes chers aventuriers.

L'humanité est une histoire de voyages, il y a de la vie là où il y a de l'aventure.

A très bientôt.

DERNIER ARTICLE

Je suis face à la mer, des bateaux à moteur sont visibles à quelques miles de cette belle plage tunisienne. Le sable est fin, le soleil brille de toute sa beauté. Son reflet sur l'eau turquoise m'évoque des souvenirs agréables. Le lieu est idéal pour conclure cette aventure. J'écris un dernier article vingt jours après mon retour sur Paris.

Je m'imprègne de cette puissance de vie de ce fluide en mouvement pour écrire une ultime fois. C'est lui qui m'a transformé pendant l'aventure, donné cette force, cette énergie et ce courage qui disparait petit à petit, s'étouffant dans la grande ville.

J'ai enfin compris pourquoi je voyageais. Je cherche la vie, par amour pour elle.

Je m'étouffe sous ce bitume, dans la nature tuée et recomposée qu'on appelle chaleureusement matière, dans l'expression triste de ces platanes invisibles, dans le bruit des moteurs modernes, dans la fausse lumière électrique qui aveugle l'esprit, dans ce steak dégueulasse qui, jadis, abritait une sensation, dans l'architecture horrible de nos HLM et mon ascenseur toujours en panne, dans mon regard vide devant ce miroir après une journée de métro... Je m'adapte à ce gris qui hante la grande ville. J'ai même l'impression que ma vie est un résumé d'adaptations d'ailleurs. Je ne fais pas semblant, ne joue pas un rôle dans les divers environnements. J'écris d'une plume poétique dans un lieu de « vie » (forêt, bord de Seine, campagne) et gratte des textes durs, sombres dans un lieu de mort. Je me suis cru fou à écrire, penser deux opposés le même jour, à aimer l'humanité devant un tableau et à la haïr en sortant du musée, arrivé à la station de bus. Schizophrène ou « adapté de l'instant » ? Je prétends ne pas être malade finalement (peut être excessif, je l'accorde). Suis-je seul dans ce cas ?

Dans l'ère de la technique ne subsiste que l'homme de « vivant » au milieu d'instruments morts, recomposés d'amas de brûlures séparés de leur nature.

Combien de temps encore restera-t-il « vivant » en tant qu'Homme, Homme de conscience ? La modernité me semble être une illusion macabre engendrant une violence sans limites. Je vis en plein cœur de ce monde qui m'est souffrant, tristement souffrant.

La spiritualité est dans notre expression du monde, elle souffre avec lui et votre Dieu souffre avec.

- Tom, j'dois descendre une voiture en Tunisie, je vais voir ma famille, tu viens ? Me demande Wassim, un ami tunisien.

- On part quand ?

- Dans cinq jours.

Sous ce ciel dégagé de Zarzis, en cette nuit qui prend désormais place, j'aperçois à nouveau ces étoiles, mes étoiles, nos étoiles. Mon cœur bat enfin, mes lèvres esquissent un croissant de joie, le même que ces nuits où je barrais la tête en extension. L'échiquier céleste ne cesse de répéter sa danse, danse de vie que j'accueille sans hésiter.

Que leur lumière est belle...

Contempler jusqu'à m'émerveiller, voilà un choix d'exister qui me semble noble.

La vie dans l'eau, dans les étoiles et dans la contemplation. Il m'est facile de comprendre pourquoi il y a tant de tristesse sous un ciel voilé: nos bâtiments cachent le soleil.

Ces écrits témoignent d'une nécessité de changement d'environnement. Pour contempler, il me faut un accès à la vie. S'ouvrir à la conscience, c'est comprendre le paradis, l'ici.

Le bel art humain traduit l'expression de la vie. Je me sens moins artiste dans mes textes de rap que m'inspire la rue que dans ma poésie que m'inspire la grandeur du monde (à mon niveau d'amateurisme).

Cependant, mes racines, ma famille, mes amis, mon passé restent à Clichy, ma destinée n'est pas dans la fuite de ma ville de cœur. Je peux critiquer mes racines grises, j'ai pour objectif d'apporter des couleurs via le témoignage d'aventures de vie. Alors je voyage...

Le trente-septième jour, nos vies étaient en danger. Le vent soufflait à trente-huit nœuds, le courant de face était violent. Un décor d'immensité s'offrait à nous en culminant les vagues douze mètres de hauteur. La mer me provoqua des émotions inédites et inexplicables. J'aimerais partager plus dans les écrits mais « Il y a des choses inexplicables et tant mieux ! ». Ma limite dans le partage est donc là. Il faut le vivre pour le ressentir, ou peut être peindre l'œil de l'heureux. Non, ce n'est pas juste un œil, c'est le corps entier qu'il faudrait peindre dans un décor marin, vaporiser un parfum d'iode sur le tableau, ajouter une musique orageuse d'un bateau qui claque en tombant de sa hauteur sur une eau déchaînée et écrire un texte profond détaillant chaque émotion, chaque frisson, chaque instant des seize heures de spectacle. Je souhaite à tout le monde de vivre des moments aussi intenses et autant inexplicables.

Je garde en mémoire ce jour qui restera mon plus beau souvenir du voyage.

Ce voyage n'était pas sans risques. J'ai écrit à plusieurs reprises pour m'aider à gagner en assurance et la relecture montre clairement un manque d'humilité. J'ai toujours manqué d'assurance. En stipulant par écrit que je devenais « fort, courageux, sans peurs... », je m'engageais à le devenir. Et je vous assure, mieux vaut être sûr de soi sur un bateau.

Ces écrits m'étaient nécessaires pour continuer l'aventure. Ce n'est pas un roman rédigé dans une salle de bain. J'écrivais pendant mon quart avec la barre à gérer et le cap à tenir (Tonton, j'avoue aujourd'hui avoir souvent dévié de trajectoire en étant concentré sur ce que j'allais écrire, tu t'en doutes bien!) ; ou j'écrivais après mon quart, fatigué d'une longue nuit, allongé sur la couchette proche du moteur. Je n'ai pas la prétention d'être écrivain et reste très maladroit sur beaucoup de points. Mais si j'ai écrit, c'était aussi pour témoigner, emprisonner le présent. Lire, c'est lui rendre sa liberté.

J'ai quelques regrets. Je n'ai pratiquement rien rédigé pendant quelques jours en mer rouge. Nous étions « débordés » avec Tonton, le périple se corsait et je n'avais pas la tête à écrire. J'ai souvent gratté avec un corps fatigué mais une conscience tranquille.

Là, l'intensité du périple me coupait tout désir autre que celui de vivre/survivre.

C'est dommage et si c'était à refaire, malheureusement, ce serait pareil. Quand je ne suis pas dans un certain état, l'inspiration manque et mon caractère tête de mule m'empêche d'écrire quoi que ce soit.

Je me souviens de ce rocher non indiqué sur le GPS que l'on voyait au loin avec Tonton. Il faisait nuit et nous foncions droit dessus. Les miles défilaient et ce fut dans les derniers instants que nous virâmes de bord, à quelques minutes de l'affront. Si nous étions passés quelques heures plus tard, la lune éteinte, Tonton couché et moi seul, je ne sais pas si j'aurais eu un bon réflexe. En revanche, je suis certain que ce carnet se serait arrêté bien avant si la collision avait eu lieu.

La mer ne pardonne pas, tout le monde le sait et est prévenu.

« Si c'était à refaire, tu partirais ? »

Évidemment, évidemment que non !

En tout cas, pas dans les mêmes conditions, je ne suis pas assez fou pour ça !

Cette aventure était inconsciente.

Si c'était à refaire, évidemment qu'avec du recul, je me préparerais autrement. Tonton et moi restons des amateurs ayant la seule prétention d'avoir appris sur le terrain. Appris... Non. Tonton et moi avons « fait » sur le terrain comme nous le pouvions. Les skippers ont de quoi se ronger les doigts en observant notre tracé qu'a laissé le GPS. Il nous a été fou de nous lancer à partir de Malte, seuls. Mais une fois que la mer vous embrasse, le danger parait ridicule par rapport à l'excitation du voyage. La sirène céleste a un chant si merveilleux qu'y laisser des plumes n'est qu'un détail.

Tonton a failli y laisser son cœur. Demandez-lui s'il regrette. Je pense que non, j'en suis certain même...

J'ai envisagé le fait de ne plus revoir ma famille et mes proches. Très vite d'ailleurs. Je savais que nous n'allions pas aller jusqu'au bout mais ai évité d'en parler. Beaucoup d'articles sont d'ailleurs écrits comme des « ce que je veux dire avant de partir, si je dois partir ».

Si je dis ça avec aisance, ce n'est pas par arrogance. J'ai toujours eu du recul par rapport à ma propre mort. Depuis petit, mon moteur de vie n'est pas la peur de mourir mais la joie de vivre. Si la grande faucheuse vient frapper à ma porte, je lui demanderais de repasser plus tard. Si elle s'introduit par effraction, j'n'irais pas porter plainte. Par contre, j'appréhende la souffrance. J'aime les épreuves mais déteste l'idée de souffrir. Souffrir, c'est quand ça vous tombe sur la tête, la subtilité est de transformer la souffrance en épreuve. Le tragique, c'est quand une épreuve devient une souffrance.

Aujourd'hui, vendredi 17 janvier 2014, je viens de lire un mail de Tonton indiquant le départ de Vilmy par un convoyage d'une anglaise et d'un yéménite. C'est un soulagement immense qui marque la fin d'une péripétie longue et haletante.

Tonton est toujours à Koh Phayam. Il se sent bien, retrouve une activité physique légère et peut désormais rentrer en France pour approfondir ses examens du coeur.

Notre quotidien me manque, nos apéritifs, son sourire du matin, le voir cogiter sur la maintenance du bateau et dire « j'ai réfléchi toute la nuit, et, j'ai la solution », ses blagues que j'ai déjà oubliées, ces moments de bonheur avec les dauphins, son rire à la lecture de mes articles, « paré à virer ! », son grand coeur d'amour entouré d'épines, ses croque-monsieurs, nos deux soirées ivres, ses « p'tit père », sa rencontre avec Vénus, sa joie à l'aéroport, les « bonne nuit », Koh Phayam, Vilmy, son fils, sa vie, tout.... Tout ça me manque. On aura vécu une grande histoire Tonton. On en fera un film et on partira en catamaran aux Maldives.

On continuera de rêver et espérer amerrir à bon port.

On partira redécouvrir les cieux et écouter le chant des vents, jouer avec les dauphins et pêcher l'espadon, sourire et affronter les courants, on partira pisser face au passé que dessinera l'écume du catamaran. Il s'appellera Vilmy d'ailleurs ! Ouais Tonton, Vilmy...

Merci, merci à la vie, au bonheur que m'a procuré ce voyage. Merci aux soutiens, financiers et psychologiques. J'ai porté les t-shirt Handisport tous les jours et en ai donnés trois sur la route.

Merci pour vos beaux messages. Je continue à les recevoir, c'est toujours touchant et gratifiant, vraiment. Parfois, on s'approchait des côtes avec Tonton en espérant avoir du réseau et espérions des petits messages. J'ai reçu des témoignages bouleversants et croyez-moi, si le partage de cette aventure vous a touchés, alors ma mission de colorer les cœurs m'épanouit. Merci à mes potes du quartier nord, bac d'Asnières, je ne pensais franchement pas que l'un de vous allait lire ces écrits, je me suis sérieusement trompé, ça me fait vraiment plaisir. Merci à tous ces gens qui nous ont aidés pendant le périple : italiens, grecs, égyptiens, yéménites et autres. Merci au monde, aux étoiles, à la mer... Plus ce monde technique m'écœure, plus je trouve mon bonheur en vous. Vous êtes la vraie vie, vous m'êtes une joie infinie et je ne vous laisserai plus. Merci à mes chères tatas d'avoir partagé les articles pour les maternelles. Merci aux maternelles de ne pas savoir lire car les autres articles peuvent être un peu durs parfois. Merci à Chérif d'avoir tiré cette chaise en sixième. Merci à ces souffrances devenues épreuves.

Merci princesse des mers, ton dos est exquis, sûrement le plus beau du monde. Il a alimenté mes rêves et me voilà dans le désir de l'emprunter éternellement.

Merci à l'Homme d'être ce qu'il est. J'ai espoir en un monde de conscience et de remerciements célestes. Cher Homme, tu me fais autant peur que tu me fascines.

Merci papa, tu m'as accompagné encore une fois mais cette fois-ci, je me dois de te laisser...

J'm'en vais colorer ton ombre. Je t'aime et t'aimerai toujours. La vie est belle pour ceux qui ont gardé l'espoir de la vivre.

« Prends ton temps, lève les yeux et GARDE TON CAP »

Fin